從月面朝地球逐漸靠近，最大直徑四三〇km的剝離大地，
在距離地球一〇萬km之處
被東照大弓射出的七連星箭矢消滅了一半。

軌道上的0·0EVA與綾波零No.特洛瓦，
展開絕對領域與物理護盾，
勉強撐過了這場伽馬射線風暴。

4

Kadokawa Fantastic Novels

『別擔心，這是「惡魔脊柱」的制動器，是槍口唷。』
『嗚哇～！』
F型零號Allegorica
跟以前相比，〈天使脊柱〉的砲擊系統全長並沒有多大改變，不過再度接上EVA脊椎的槍管長度達到修改前的三倍。

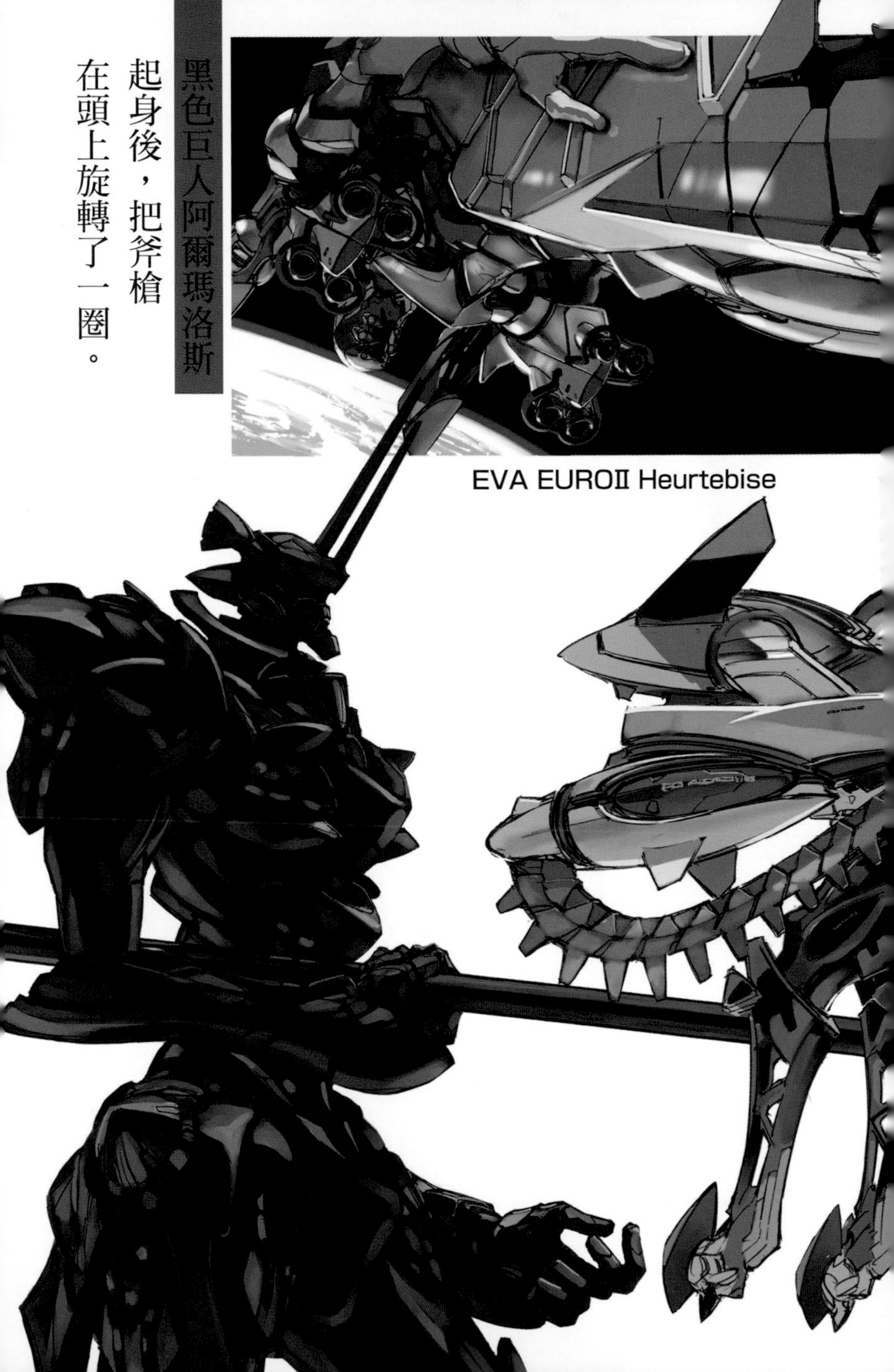
黑色巨人阿爾瑪洛斯
起身後，把斧槍
在頭上旋轉了一圈。
EVA EUROⅡ Heurtebise

「明日香在嗎？明～日～香～！」
被呼喚的一方應對也完全沒有敵方的自覺。
自行Victor化而受到敵對認定的
明日香EVA整合體（Torwächter al）
揮手回應著。

# 新世紀福音戰士ANIMA 4

山下いくと

CONTENTS

# #1 軌道荒天

## ■晨霧的西瓜田

「這是什麼啊——！」

真嗣會大叫，是因為好久沒來的西瓜田連同那附近的地面一起被挖走，整個消失無蹤。

載著農具，外觀像是單輪車的單履帶搬運車在他放手後差點翻倒，不過自行取得平衡停住，靈巧地獨自立穩了。

「……跟包覆住莉莉斯的時間停滯球消失有什麼關係嗎？」

才沒有這回事。真嗣一環顧四周，便在以前飛來插在地面，就這樣成為農田地標的裝甲牆碎片上，發現小巧整齊的潦草字跡。

『西瓜我收下了／希～絲』

時值早晨，在外輪山西壁的山巔上，越過東側山影升起的朝陽開始照耀大地。

儘管天空明亮，但火山臼底部依舊陰暗涼爽。地表深深沉入蘆之湖湧出的濃密晨霧中，全染

成了淡墨色。蘆之湖湖岸的標高很高，即使地基下沉了三～四〇〇m左右，火山臼的鍋底仍留有三〇〇m多的高度。有別於充滿未來感的都市區域，是霧氣綿延的里山早晨。

「咦……這是什麼意思？」

這是他讀了小小犯罪聲明的感想。置身霧中的放鬆孤立感讓他忍不住喃喃自語。

「所謂收下了，是怎樣收下啊？」

「希絲她呀——」那個白色自我空間的平衡，被不知從何處傳來的聲音打破了。

逐漸靠近的灰色影子化作褐毛犬安士。而牠身上的牽繩牽在從霧中走出的零No.特洛瓦手中。

「希絲以改造完的F型零號Allegorica做的第一件事，好像就是把這塊田地搬走唷。」

時間還不到清晨六點。

由於吃完早餐後，兩人都有各自的業務得處理，倘若想趁著有太陽的時候做點什麼事，就只能趁早上了。但他沒想到會在這裡與對方不期而遇。

「早……早啊！你們在散步？呃，牠是叫做茉茉嗎？」

「茉茉下落不明。牠是安士。」

對安士來說，這裡似乎是牠跟希絲的散步路線。想要停下來的特洛瓦被這頭大型犬一個勁地拖著走。

放棄停下來的特洛瓦催促著真嗣。

「我們走吧。司令有跟我說過地點，不過要走一小段路……」

「？」真嗣連忙推著放有農具的電動輔助單履帶搬運車跟上。

他們走下平緩的斜坡。是往湖的方向嗎？

「希絲是用零號機的手將西瓜田連同地面一起挖走的嗎？為什麼要做這種事……」

特洛瓦稍微拉住拖走自己的安士，一蹦一蹦地「咚咚」走著，後髮也隨之輕盈搖晃。

「她好像把西瓜田移動到了環境變化較小的地點，似乎是想保護碇同學的田地。」

她代替真嗣被S（超級）EVA的QR紋章汙染，淡藍色的頭髮沿著後頭部，從深藍色漸漸染成了黑色。

真嗣的注意力被她的頭髮帶走，差點漏聽了這句話。

「我想這是那孩子自己的想法——」

「咦……？」

儘管補充的這句話聽起來稀鬆平常，然而特洛瓦對No.希絲她們這些個性豐富的其他綾波懷有自卑感，今天卻不像平時那樣比較，而是區分自己與對方之後，推測對方的想法。

這是在肯定相對的自己的存在嗎？

為了揣摩特洛瓦的心思，真嗣注視著她的背後。或許是注意到這點了吧，特洛瓦越過自連身裙裸露而出、晃動不停的肩膀回頭。真嗣別開視線。

「茉茉下落不明。牠是安土。」
?

朝陽也開始照入火山臼底部，使這一帶突然亮了起來。

霧氣反射著陽光，讓人眼睛好痛。特洛瓦被光吸了進去。因為光線過於耀眼，視野在霧氣散去前的短暫時間裡變得狹窄不已。

真嗣無法正視刺眼的白色前方，於是抬起視線。在貼著地面的厚重光壁上方，能朦朧望見對側目的地的圓弧。

通稱「玻璃之卵」的存在被發現時，絕大部分都被埋在水位下降的蘆之湖湖底。

透明鮮豔的蛋形最大直徑六六六ｍ，由最初裂開近九〇ｍ的圓形開口處挖出內部的沉積物、往裡頭注滿空氣後便浮了起來，目前以橫倒的狀態被固定在湖岸上。

執行整個過程的是日本政府的人，他們原本想將這個蛋殼改造成能在接踵而至的災害之中保護自己的避難所。然而當第三新東京位處之地、幾乎可說是受災地中心的伊豆半島根部大規模下陷後，他們就撤離了。放棄了將政治中樞轉移到箱根山火山臼的計畫。

安土、特洛瓦，以及真嗣走上宛如插進開口處般架立，平緩卻綿長的傾斜橋，隔著從外側望去顯得朦朧透明的「蛋殼」看得見內部。儘管工程早已中斷，卻能看到裡頭作為地板的甲板隔成了好幾層。

「像是做到一半的瓶中船呢。」

難看地裸露而出的管線自俐落的圓形開口處穿越，物資、人員、電源也是從這裡通過的。而同樣位於此處，負責導氣與排氣的兩組巨大送風機擋在前方。

「感覺效率很差耶……怎麼不在其他地方開通風孔啊？」

「好像破壞不了它唷，無論用什麼方式。」

原本之所以會想將這裡改造成避難所，就是看上這顆玻璃蛋十分堅固，所有切割技術都無法破壞，除了最初裂開的開口處之外，無法在上頭開洞。說起來，就連這個材質……不，應該說是連這顆玻璃蛋究竟是物質？抑或是某種力場的一種形態？都不得而知。

然而有個存在與之類似。

莉莉斯的時間停滯球前陣子從舊中央核心區消失，據說這顆蛋的大小與它的蛋形界面完全相同。

儘管難以驗證。不過若要以現有的線索牽強附會，童話故事般的預測便是這樣：

在補完計畫失敗的過去世界當中，莉莉斯依舊讓時間停滯球產生，躲進裡頭度過大災害，並相準時機抵達這個世界。而它在這裡解除時間停滯而蛻去的球形外殼，正是這顆玻璃蛋。

——至於是這個殼裡的時間停滯了？又或是停滯時間所蛻下的外殼是這顆蛋殼？似乎別想得太深入會比較好。

他們踏入內部，裡頭相當安靜。明明球面結構的內部看似普通，產生的聲音應該會反射開來，哪怕是輕微的聲音聽起來也會很響亮嘈雜才對……

穿過為了讓內部的空氣循環，以工程鷹架隨便搭起的導風牆後，真嗣聞到水的味道。耳邊傳來電子音樂盒沙沙響起的第九號交響曲第四樂章。

「哇！」

這層主甲板的角落，竟然是淙淙流著人工小河，顯得相當正式的菜園。機體不知為何完全長出青苔、還戴著草帽的一台N型機器人，一面嘎吱地動著劣化的關節，一面幫西瓜田澆水。傳出「歡樂頌」的就是它。它為了識別前來的真嗣等人而轉身停住，音樂隨之停止。當它再度動起時，第九號交響曲也從中斷處繼續播放，儘管每當它嘎吱地短暫停止動作時，音樂便會跟著中斷，然而它一直默默地工作著。不再害怕狗狗安土的它，彷彿散發著一種腰上掛著收音機的農作大叔的風格。

「才想說到處都沒看到……這台N型是我的腦波監測機唷……我明明找過它，難道這顆玻璃蛋會阻擋電波嗎——」

問題所在的西瓜田宛如從大型越野砂石車上卸下般裝在容器（貨斗）裡，完美地維持著原本的狀態。看得出零No.希絲是把貨斗當成鏟子來用，從原本的地點將田地慎重地挖起來，並為了使田地與真嗣他們現在走著的甲板同高，將貨斗嵌進甲板。

——我在移動田地時——更加粗暴呢。

西瓜田原本位於舊Geofront，以前真嗣也曾連同地面一起移動過田地。

在本部戰後決定封鎖Geofront時，真嗣以初號機的手掌將曾屬於加持的這塊田地直接挖起，移到地上。

「希絲比我還聰明啊。」

真嗣走進田地裡，蹲下身去。

唯一身為綠色的這個地點，就好像架設在攝影棚內的攝影布景。不過在真嗣離開的這段期間，田地裡竄長的小西瓜似乎有被好好地疏苗，已長成中等尺寸的西瓜感覺快變成大西瓜了。

仔細一看，除了西瓜之外，盆栽與地植的小型植物也被帶來了。

看來小不點綾波No.希絲是想把被大人們拋棄的這個地方弄成小型生物圈的樣子。

「……真厲害呢。」

真嗣一面蹲著拔草，一面喃喃說道。

「即使第三新東京……即使世界毀滅，或許只有這裡能倖存下來——不對，這樣就沒意義了啊……」

「在希絲之前，是明日香守護著這塊田地。這一定——是有意義的呢。」

明天，真嗣將要把特洛瓦運送至位於軌道上的０．０ＥＶＡ。

以前不具自我，宛如只為進行精神同步的人偶般的三名綾波零——No.卡特爾、No.珊克、No.希絲駐守在宇宙，唯一擁有靈魂的綾波零No.特洛瓦則留在地上與她們進行精神鏡像連結，算是有著四個身體的同一個人。

而照理說只會固定在唯一一個綾波身上的靈魂，以阿爾瑪洛斯接觸個體之一的No.卡特爾為契機，伴隨著自我在另外三名綾波身上萌生，甚至演變成很難得連結的集體意識各分東西，不免讓人感到諷刺。她們當中有人任憑應運而生的感情成為敵人；有人笨拙地貫徹自己的生存方式死去。

接著，為了尋找下落不明的最後連結個體No.希絲，這次則是位於地上的No.特洛瓦要登上宇宙。她恐怕得常駐在上頭，暫時無法歸來。

真嗣看著地面問道。

「感覺妳好像很不想上去軌道——妳還好嗎？」

「因為我……已經決定今後要一直跟碇同學在一起……」

唰——真嗣拔著的草留下根部，斷成兩截。

「一、一直？」

「能夠緊貼著碇同學，守望作為碇同學身體的超級ＥＶＡ的ＱＲ紋章，以及碇同學位於遠方

的心臟——該怎麼說呢，讓我很高興？對，我很高興。」

真嗣恍然大悟。

因為她的這番話，跟三年前他曾經說過的話很像。

「我想無論是誰，藉由被託付的事情上找到自己的容身之處——」

真嗣忍不住回話。但特洛瓦說了聲：「等等。」伸出手掌制止他。

「我曾經想過，即使要順從這個職責，融入你之中也無所謂——不過……」

真嗣停下手邊工作，抬起上半身。

也就是說，她的心境有了變化吧。

「如果我沒能注意到而沉眠的感情於精神鏡像的連結斷絕之際，在其他的我之中作為個性顯現，我想趁著這時好好跟她們聊聊。」

將這樣的感情直接宣洩在特洛瓦身上的，是卡特爾。

「沒錯，我和『恐懼且畏縮的我』No.卡特爾交流過，並從明日香那裡收到『交際性且妥協的我』No.珊克的話語。這次則必須和No.希絲『幼稚且天真的我』再見一次面——正因如此，我得去找那孩子。」

為了理解自己靈魂的形狀——這也算是一種尋找自我吧。

「這或許是妳頭一次為了自己採取行動？」

「並非如此喔。」

特洛瓦如此表示，淺淺地露出微笑。

「只是非得在你尋找屬於我的顏色前，先讓它成為肉眼可見的顏色不可。」

這是他們的約定。

■急報

東照大弓下端的石突（註：長柄武器安裝在尾端，於撞擊地面時保護武器的金屬器）是尖的，似乎是要讓人刺進地面架起它，因此超級EVA若想在第二整備室內的等高地面上握住握把，高度便會不合。

『將東照的固定台座下降十八m。』

隨著控制站傳來科學部技術部兼任主任伊吹摩耶的指示，握柄下降至真嗣眼前——SEVA肩膀的高度。

『即使如此，這也已經壓縮到極致嘍。』

儘管摩耶這麼說，但眼前被挖掘而出的武器比超級EVA大上許多。

「雖然不是拿不起來的重量……」卻是連ＳＥＶＡ都難以揮舞的巨大之物。是粒子加速器嗎？只見上頭裝著兩座帶有圓環的Niall型電感器。

「光是這樣沒辦法使用嗎？」

『半弓部分似乎也不單純是骨架。』

滋鏘——握住大弓的超級ＥＶＡ猛然鼓起露出的各部位肌肉，真嗣以左手將東照從固定台座上拔起——滋滋……！

他朝著天花板的方向——屋頂打開後所露出的天空——舉起東照。

「……」

——啊，如果是Niall型導引砲，就需要能量的窗口——心臟吧……一旦呼喚，能量會再度傳送過來嗎……

真嗣與超級ＥＶＡ的心臟被奪走，如今位於Torwächter β的胸口裡。

——總覺得在這裡進行這件事會很不妙。

再加上要是不把自己逼到絕境，便無法跟遠方的心臟緊密連繫上。至少當下什麼都沒有發生。真嗣將舉起的東照放回固定台座。

『如何？』摩耶的聲音蘊含期待。

「問我如何……呃，我只有湧現強烈的不祥預感……」

摩耶明顯地蹙起眉頭。

『你的口氣什麼時候變得這麼狂妄啦？』

「咦……畢竟——要不就是波及全電力系統到被炸掉的地步，要不就是明明身陷危機卻還得花時間等待，最近老是遇到這種不講理類的武器，不是嗎？」

『……不講理類……』

冬二跑進整備室裡。「你們兩個，要拿這傢伙來玩等下次吧！」

『這才不是在玩啦！』

『才沒有在玩咧！』

儘管遭受真嗣與摩耶雙方從ＳＥＶＡ與控制站的揚聲器怒吼，然而冬二以塞進耳朵裡的手指撐過去後，便毫不在意地繼續喊道，儼然一副現在不是做這種事的模樣。

『馬上就要讓特洛瓦登上軌道嘍。０．０ＥＶＡ下次再度接近的時刻是——』

預定照理說是明天——大驚失色的真嗣打開插入拴艙口，將身體探了出去。

「——等等，到底發生了什麼事？」

冬二指向地面。

「對面的月球發生大事啦。倘若現在不登上宇宙，說不定就再也無法搜查嘍。」

## ■暴亂的新世界

月球因為地球內部大量傳送地殼物質而膨脹。由於膨脹得過於急遽，導致各處出現了扭曲。再加上物質被傳送之際，熱量也一併被帶往集中至這顆小星球，引發激烈的內部融解。月面到處都因為自地下噴湧而出的岩漿，讓整塊大地像是翻面過來般。甚至連在地球上也觀測得到這種偏離常識的大規模地殼變動。

儘管經由X光波長的光譜觀察後，證實這並非只是被搶走的地殼物質滾沸，而是相當於鍊金術般照理說不可能發生的物質轉換，在月面上接二連三發生的情況。而相較之下程度輕微，卻依舊可用暴力來形容的變動，在正好看不見的月球背面發生了。

巨大噴發的範圍極廣，讓人不禁產生「難不成月球正在分解嗎？」的念頭。

寬達一二〇〇km的大地因為來自地下的壓力而飛起。

雖然這塊大地瞬間便四分五裂，再度朝著月球回歸，然而其中一部分——最大直徑長達四〇〇多km的融合玄武岩岩盤——被大規模噴發推上了天空。

膨脹後逐漸接近地球的月球軌道，由於內部質量增加而出現不規則的變化。然而此次月面大規模剝離使其再度強烈震顫，腳步也跟著失常。

當飛上天空的大地落下之際，原處早已不見月球，導致它在因為洛希極限瓦解前自月球旁邊掠過；亦即受到落下速度加速產生重力助推作用的影響，進入更高的軌道。地球方於是在此時發現了這塊剝離大地。

從背面沿著月球圓形輪廓蔓延的火山氣體也逐漸飄到正面。正觀測著月面的各國、各單位、各業餘天文學家恐怕都已察覺到月球背面有過極大規模的噴發活動這件事，並對此展開密切關注。即使如此，隨後的發展想必讓他們全都面無血色。

從月球背面出現的巨大岩塊在通過月球之後，正朝著地球迎面飛來。

倘若是在與月球相距甚遠的過去，剝離大地說不定只會劃出綿長的軌道，再度回歸到月球上。但現在的距離只剩下十五萬km，已不到過去的一半。

## ■喪失的指南針

希絲總覺得——似乎聽見了邊鳴叫邊成群飛過的無數鳥語，以及拍打翅膀的聲音。

「……現在——在這附近飛著……」自己的夢話傳來，「——嗯？」讓她宛如痛苦掙扎般地被喚醒了。

「——咦……？」

醒來後的她所看到的，是顯示器關閉，被緊急照明燈朦朧照亮的插入拴內壁。而將腳部履帶換成吸盤型的N型機器人，則上下顛倒地貼在那面內牆上——

啾～～啪、啪、啪、啪——

吸盤發出聲響，它在弧形的插入拴內壁上無視上下地亂跑著。

「那個……」——究竟發生了什麼事……

因為NERV JPN要參與歐盟發起的新地島作戰，F型零號機Allegorica照理說利用了Allegorica之翼的重力子浮筒，自行朝向北極海的那座島嶼進入次軌道太空飛行。然後——啊！隨著記憶漸漸恢復，希絲想起介入自己思考的黑色巨人～～臉頰頓時氣得鼓起，像隻企鵝般不斷「啪啪」地拍打著座椅側邊。

「瑪、瑪、瑪、瑪爾瑪洛斯～～」

是阿爾瑪洛斯。「唔～～～！」

即將升上軌道之際，希絲感應到黑色巨人阿爾瑪洛斯發出的訊息，陷入心神喪失狀態，導致零號機本體收不到以防萬一的自主導航指令。

F型零號機Allegorica。

繼02 Allegorica之後改裝成豪華天馬的前單腳巨人，基於改造成必殺武器的固定長管槍〈天使脊柱〉而將單手單腳拆卸了。宛如要取回在那之後所失去的自由，它無視飛行計畫的慣性彈道，無止盡地持續升空。

它並未停下重力子浮筒，不斷升上更高、更高的軌道。

讓這台失控的伊卡洛斯停下來的，是緊急出動導致的調整不足。也就是機械故障。

左舷側浮筒的能源串聯不安定，讓原本像是放在蛋盒裡的雞蛋般整齊排列的重力子逸散，造成停機。而剩下的右舷側也在重力子開始自旋前自動停機。浮筒停機造成N[2]反應爐的輸出瞬間下降到怠速程度，陷入混亂的零號機於是增加了必要的消耗電力。然而屋漏偏逢連夜雨，連它體內的電力也很快便消耗殆盡，在緊急停機後就這樣進入了休眠狀態。

「生氣～～～！」啪啪啪啪！

希絲以全身發洩怒火，卻在猛地動起來後頭暈目眩，突然安分了下來。

插入拴內的虛擬顯示器全數關閉，內側小型緊急照明的燈光看起來十分昏暗。能聽到的，唯有維持駕駛員生命的ＬＣＬ循環器嗡鳴聲，以及N型機器人的腳步聲。

啾──啪、啪、啪、啪──當外觀像是電鍋的它在希絲身旁停下來後──

「叮咚♪」發出像是門鈴一樣毫無緊張感的鈴聲，讓自己後頭部的小型液晶面板亮起，顯示出文字訊息。

〈有十四萬八千一十二件訊息。〉

全是NERV JPN發來的。

儘管多半都是訊號強度弱得無法辨識的訊息，但總之就是要她「打電話回家」。

應答機與遙測傳輸雖然連同通訊系統一起關閉，不過看來高感度感測器似乎有代為進行收訊。然而就連這些搜索離家出走者的呼喚，也在數小時前戛然而止。

「肚子餓了……」

希絲從座椅旁的收納箱裡拿出粉紅色果凍軟管包咬著。

那是ＬＣＬ環境攜帶口糧。

——不是宇宙食品，所以沒有加入鈣調節劑。哎呀，無所謂啦——

她憑藉感覺，知道自己正位於軌道上。

畢竟她本來可是在外裝移植Ｓ²機關後，獲得軌道上遙控活動能力的０・０ＥＶＡ（0G0氣壓規格）駕駛員，宇宙的戰士，因此一點也不慌張。

「嗯～～我看看……」

在重新啟動零號機與Ｎ²反應爐之前，小不點希絲指示輔助ＡＩ進行全區段精密自我診斷，卻在中途便感到無聊，將即使不啟動ＥＶＡ也能看到的外部攝影機影像，在插入栓內的子顯示器上以小視窗播放出來。

「是月球。」儘管表面被燒得焦爛，彷彿噴灑過某種物體般拖著長長的雲層，但那確實是月球。

問題是在這之後。希絲不斷切換、移動攝影機……

——！

她突然迅速展開行動，將剩下的診斷項目全部取消，重啟主ＡＩ與反應爐，以快速啟動器將Ｆ型零號機Allegorica喚醒。

插入拴內部一般模式的全周天虛擬顯示器展開。檢查模式結束後，全方向鋪展出讓人倒抽一口氣的鮮明星空。

希絲卻看都不看這片星空一眼。

水色秀髮在ＬＣＬ的水流中散亂搖曳，她驚慌失措地環顧四周——接著將探出去的身體「砰」地壓在座椅上。

「……看不到……地球——」

能看到的，竟然只有背面宛如受到嚴重灼傷般的月球而已。

■ＳＥＶＡ前往宇宙

一旦以ＥＶＡ的手握住插入拴，便會想起討厭的記憶。

縱使摩耶等人表示：「可以固定在手肘的外裝滑軌上唷。」但要是撞到手肘該怎麼辦才好？插入拴不會遭受這種程度就損壞，內部也不會受到傷害。然而因為是很重要的存在，讓他不得不用手搬運。

「特洛瓦，我絕對不會壓傷妳的。」

『我不擔心喔。』

在子顯示器上的小視窗裡，特洛瓦露出安心的表情。

這種對話在起飛後已經出現第三遍了。

外裝滑軌上也帶著補給物資的貨櫃。緩緩飛到大氣稀薄高度的超級ＥＶＡ，以Vertex之翼的偏折領域蹬向空間，朝水平方向一口氣加速，目前正在從最初的橢圓軌道前往更上一層的圓軌道途中。

「妳果然還是坐到這裡比較好吧。」

『這沒辦法。』

特洛瓦以彷彿美里的語調說道。

『碇同學沒離開過大氣層吧，必須在有辦法做到時累積經驗。』

「一開始就來這個，難度不會太高嗎？」

『？沒有敵人喔。』

地球遭受先前那樣的破壞而變得如此微小。儘管各處地底的硫化物噴出濃煙，使全球變得一片灰濛濛的情況最近已見怪不怪，今天的地球卻顯得相對蔚藍。

『快看。雖然我不太明白，但大家都說這很漂亮喔。』

「嗯——啊……」即使特洛瓦為了讓真嗣轉換心情而向他搭話，他依舊回答得含糊曖昧。

『碇同學？』

「——那裡是最漂亮的……」真嗣的語氣突然變得有些興高采烈。

從特洛瓦這邊的插入拴內部所看到的子顯示器上的他，並非望向正面，而是稍微往上看去。

「哪裡？」

『邊緣的地方。』

特洛瓦的插入拴雖然完全是宇宙規格，現在卻為了緊盯真嗣的操作，展開與超級EVA相同配置的虛擬顯示器，所以理應能看到相同的景色。

「邊緣？」

特洛瓦也往上看去。

『地平線與宇宙的邊界，從地球明亮的水色變成非常深的藍色——而在那外側……則是一片漆黑……』

該處是卡特爾、珊克、希絲她們日復一日地盯著，要特別注意的場所。一旦注視著轉動的地平線，敵人現蹤便是從那裡，看漏敵人照理說也會是由那裡——

『那個藍色好漂亮——像是特洛瓦的頭髮。』

「——！」

為什麼呢？

一瞬間，特洛瓦感到眼前的景象突然變了。儘管不明白理由，但她覺得從今天起，那裡將會有著不同於以往的意義，同時也會是特別的地方。

從那道群青色稜線的對側，望遠裝置捕捉到長期停擺的0・0EVA（希絲機）出現的影像。只要再繞個數圈，便能抵達那個高度了吧。

從今天起，那就是特洛瓦的機體。

## ■意外的訪客

一如迷路小孩的哭號，希絲的F型零號機Allegorica迷失自身位置，目前正每隔三十分鐘以最大發信輸出發送「我在這裡唷」的特徵訊號。礙於不知道地球的方向而無法鎖定訊號指向性，發信是朝著全方向發出的。如此一來傳不遠，被發現的可能性也很低。

希絲所能想到的可能性，就是地球被擋在月球後方——然而她已經根據日誌檔查明現在時刻，以及重力子浮筒的啟動時間，即使以最大值估算月球的不規則軌道變化，她原先所飛的距離應該也沒有遠到能物理性地繞至月球另一側。

倘若月球像以前一樣，始終以同一面瞪著地球，至少便能明白地球的方向了。如今月球的自轉軸變化得比貓的眼睛還快。

死心的希絲於是著手準備從內行星位置計算地球的座標。不過儘管F型零號機Allegorica的裝備跟EVA 02 Allegorica十分相似，觀測儀器與導航系統卻非宇宙規格。恐怕她會得到現在看到的月球還比較能當成線索的誤差吧。

即使是希絲，此刻的心情也很難不沉重。

叮咚♪

N型機器人以鈴聲呼喚希絲。

叮咚♪

希絲毫不理會，繼續輸入作業。

叮咚♪叮咚♪叮咚♪

叮咚♪叮咚♪叮咚——♪

「吵死了啦！」

她敲打控制器，斥罵N型機器人。機器人的液晶訊息面板卻是在對她的聲音起反應後的現在才亮起。

〈what?〉

「咦！」

呼叫她的，並不是她的N型機器人。

一旦在插入栓內部啟動，N型機器人的鈴聲便不會從機器人本體，而是由控制台的水中揚聲器發出，這是為了不妨礙其他理應優先的聲音情報。多虧這點，她立刻注意到這是來自外部的鈴聲。仔細一看，她發現在子顯示器角落的小視窗上，顯示了機器人的個體編號與發信位置——是其他機器人發出的！這個編號是……

是跟在希絲屁股後面到處跑的三台機器人之一。就固定編號來看，它是失去主人零No.珊克的N型機器人。不過……

「騙人！」

她會驚訝也是沒辦法的事。畢竟它可是Crimson A1——明日香EVA整合體——從真嗣的西瓜田裡抓起來，用指尖彈飛，成為可悲的宇宙星星的機體。

照例說這道在大氣中會衰減，在數萬km的距離下怎樣都無法透過它的發信器傳達，會顯得非常微弱的信號，希絲現在卻清楚地接收到了。它正在回應迷路的F型零號機Allegorica呼叫箱根的特徵訊息。

儘管N型機器人的訊號軌道逐漸接近，卻非朝著希絲過來，而是在最為接近的位置——前方約五三〇〇km處——以相對速度十三km／秒經過後，出現在顯示器上。倘若在行星上算是相當遙遠的距離，在宇宙卻彷彿是近在眼前的奇蹟。

「……每次發信時軌道都會微微彎曲，為什麼啊？」

重新啟動的重力子浮筒毫無窒礙地推動F型零號機的龐大身軀，然而目的並非只是接近在宇宙漂流中的N型機器人，還得根據重力子的運動，尋找月球以外附近的大質量物體（地球）的方向。

無論如何都想先確認地球在不在月球對面的希絲開始改變軌道，朝著呼喚自己，宛如鈦製電鍋般的友人方向移動。

## ■0．0EVA啟動

摒除真嗣所說的不講理類，擁有EVA最強能量武器的0・0EVA，目前正在高度一六○○km的軌道上停止機能。

然而其背上的外裝型S²機關只是進入休眠狀態。倘若它真的停機，便會像使徒的屍體在數小時內消弭系統本身，再也無法啟動地自毀。不過這個S²機關尚在運作，所以能立刻供電。重新啟動0・0EVA想必是件易事。

儘管在兼作碟型天線的陽傘上有一處小隕石貫穿的痕跡，但0・0EVA在外觀上看起來沒什麼問題。特洛瓦催促真嗣插入插入栓。

然而他想再稍微調查一下外部。

「說不定又有像是巴迪爾之類的寄生在上頭。」

『僅限於巴迪爾，我想可能性是零。』

「為什麼？」

零稍微想了一下後，開始闡述自己的見解。

『我想碇同學在這次的戰鬥開始後，已經跟同樣的敵人交戰過好幾次。然而你曾看過同一個體在一場戰鬥中出現好幾架嗎？雖然載體本來就是量產型，所以有著好幾架，但舉例來說，薩基爾載體有同時出現過兩架之類的嗎？』

咦？他還是第一次被問到這種事呢。

「沒有——……咦……？仔細想想，這究竟是為什麼啊……有辦法複製的話，無論再多架都……」

『假如不是複製品……假如它們全都是既定存在，縱使能夠復活也不存在著複數，我想這是這個世界的規則。因此我的存在很扭曲。』

「別這樣說自己。」

『這並非什麼悲觀的話，而是確切的事實。包含不正常的部分在內，我想去理解自己。所以呢，巴迪爾不會在這裡。這是因為——』

真嗣想起那個圓桶形的金屬容器。

「那傢伙沒有完全消失，所以無法復活，因為牠一直潛伏在冬二之中……咦？——是這樣嗎？」

『上述是一種可能性。』

這次又是在模仿誰的語調吧。

「還真像恐怖片耶……」卻也莫名地讓人能夠接受。

說起從外部侵入，比起使徒更有可能是人類。以前不知道哪一國的機關，經由好幾個中繼點以龐大的壓縮訊號攻擊過來，完全就是這架0．0EVA被奪走的危機關頭。

『箱根CP呼叫超級EVA，重啟通訊。』

是美里的聲音。

0．0EVA在高度一六〇〇km處，以每周約一百二十多分鐘繞行。在難以使用其他衛星的當下，當中的七十分鐘會是無法與箱根通訊的斷訊時間。

『咦？還沒讓她搭上去嗎？動作快一點。啊～還是說你捨不得～？』

——真受不了這個人……到底有什麼事啊？

『我想在下次斷訊結束時，讓0．0EVA的更新程式跑一下模擬。你那邊能進展至更新階段嗎？』

「超級EVA呼叫箱根CP，我試試看——特洛瓦？」

『接合準備完成，切斷SEVA對插入拴的供電——開始吧，碇同學。』

真嗣把特洛瓦搭乘的插入拴插進0．0EVA後，以防萬一而將伽馬射線雷射砲的動力電纜自外部拔除。見他猶豫起下一個行程，美里表示：

『真嗣，照決定好的去做吧。』

「了解。」

SEVA的身體一改變姿勢便開始旋轉。他以Vertex之翼大幅展開的領域代替靜止質量，固定住下半身。

一從肩膀卸下磁軌砲（Powered 8），超級ＥＶＡ就將第一彈匣的十二發子彈灌進加速軌道，朝著０．０ＥＶＡ舉起。這是為了預防暴走。曾以為很順從的外裝型$S^2$機關——０．０ＥＶＡ背後的動力組，吞噬了No.珊克與她的ＥＶＡ。

「ＳＥＶＡ，真嗣準備完畢。」

『箱根ＣＰ開始監測。』

特洛瓦就等著這句話。

『外裝$S^2$機關喚醒程序，輸出從休眠模式進入一般模式。』

０．０ＥＶＡ背後的外裝組件開始溢出朦朧的綠色相位光。

『箱根ＣＰ，確認一般模式的功率穩定。』

『$S^2$機關，啟動點火動力。』

光不斷地增強亮度。

『箱根ＣＰ，確認啟動點火動力達到顛峰。０．０ＥＶＡ，請啟動。』

『福音戰士零號機試製Ⅱ式改，啟動。』

身體一抖一抖地顫動起來，０．０ＥＶＡ自休眠中甦醒了。多餘的啟動能量化為光與紅外線，從外裝式$S^2$機關的沖放閥排出。

特洛瓦為了讓長期處於休眠狀態的０．０ＥＶＡ舒緩緊張，緩緩做起手腳的伸展運動，同時

伴隨著重心移動確認姿態控制。橙色的龐大身軀靈活地活動起來。

啟動三〇秒經過。「真嗣，T＋30沒有異常。」

啟動六〇秒經過。『箱根CP監測，T＋60沒有異常。』

在再度流動的LCL裡，特洛瓦一面聽著S²機關的低鳴聲，一面大大地深呼吸。由於這次帶來的插入拴本身是初次登場的新型，吸了一口氣也不可能明白什麼——

「這就是希絲的EVA……我們今後一起尋找妳的主人吧，在風暴來臨之前。」

月球的碎片橫向飄散著煙霧，看起來宛如在宇宙捲起的大浪。

美里在箱根的NERV本部指揮所，代替冬二進行現場指揮。

在新地島作戰中，明日香EVA整合體成為Torwächter，加入敵方勢力而下落不明，其代號也從A1成了Torwächter α1這樣的敵方代號。儘管作為NERV JPN總司令官的美里被嚴厲追究著責任，不過為了因應來自月球的岩塊，安理會中止了緊急理事會議。

「啊～～啊……」

她一面看著顯示器，一面在司令官席上伸展手腳。為何要嘆氣？

「怎麼了嗎？」冬月問道。

「感覺像是動用了最後的定存呢。」

NERV JPN持有的ＥＶＡ接連受損，不是被破壞，就是成為了敵人。

在Allegorica化的Ｆ型零號機下落不明的此刻，當下投入的可用戰力唯有超級ＥＶＡ一架。殘存於軌道上的最後一架０．０ＥＶＡ，則是在阿爾瑪洛斯接觸後，唯一無傷保留下來的ＥＶＡ。而眼下這架機體啟動，處於實際可用狀態後，NERV JPN便陷入沒有預備戰力、也沒有預備駕駛員的狀態。

「不過，現在是做最後解約的時候了。」

之後的作業，除了超級ＥＶＡ隨便就有三次差點在宇宙迷失方向外都很順利，在軌道上能進行的各部分補給與追加裝備，以及程式更新紛紛結束。

本部傳來日向的聲音。『箱根ＣＰ呼叫真嗣，第四次的程式模擬也全亮綠燈。這就傳送ＳＥＶＡ的歸還軌道。』

「真嗣了解。」

透過ＳＥＶＡ的視野，真嗣從０．０ＥＶＡ背後的遠方望見可怕的狀況。

廣大散布著沙塵雲的那塊巨大月球碎片，真的正朝著這裡飛來嗎？宛如從下方拍攝到山崩瞬間的照片，它看起來就像是貼在距離無限大的平面上。

——待在這裡會很危險吧？這不是能獨自待著的地方——

離別之際，真嗣心中充滿各種想勸特洛瓦打消念頭的心情。

『碇同學，我也要開始嘍。』

「砰咻——」噴氣操縱器噴發起來。特洛瓦讓0・0EVA上下顛倒，平時面向地表的頭部與雙肩的感測器，朝向了群星的世界。

她今天是憑著自己的意志來到這裡的。

歸還的軌道脫離排程開始倒數計時了。

「拜拜。」真嗣打消念頭，進行逆向推進抵消軌道速度。

兩架巨人拉開彼此的距離。

『碇同學為我實現了約定，謝謝你。』

特洛瓦突然道謝。

「約定是……啊——顏色的事？妳說我實現了？不會吧，什麼時候？」

遠去的0・0EVA從陽傘的陰影下舉起手，指向地球的弧形地平線。

『你將天空盡頭的顏色、宇宙開始的顏色給了我。』

——咦，那只是我的感想……

「呃，那樣怎麼能說是找到了適合妳的顏色——應該要更加正式地……」

那個約定是他們在「蘋果核」互相宣洩情緒之際，真嗣向特洛瓦承諾的。

真嗣慌張起來。然而特洛瓦毫不退讓。

『不，那已經是我的顏色嘍。』

■第二張鬼牌

小不點希絲的F型零號機Allegorica，在長時間的加速度過程中轉移軌道。將座椅設定成戰鬥服固定模式的她，承受著壓在背上的負荷。

這場逆加速即將結束。

改變方向，再度面向對方後，她一面同步向量，一面為了得知N型機器人的正確位置，以〈天使脊柱〉的射控光學雷達進行掃描。

正當她為了接住目標的N型機器人，展開絕對領域時……

——嗶！

警報響起。對方對絕對領域產生反應而瞬間加速，朝著F型零號機的胸口正確地修正軌道衝來。同時，AI也告知了掃描到的對方情報。

〈聖遺物No.01或01'的可能性為83％，將圖示從Unknown變更為既有圖示。〉

「真的假的！」

原以為是N型機器人的物體經由雷射掃描後，發現是非常危險的已知物體。

——這個形狀，不會錯的！

該怎麼做才好？

希絲將重力子浮筒的推力開到最大，偏偏朝著衝來的對方突擊而去。

同時，她將絕對領域徹底提高密度地展開。

即將相撞之際，希絲把前述兩者的輸出連同系統一起減弱關閉。

她待在唯有子顯示器亮起的插入拴內，根據RSC指南進行操作，只仰仗燃氣噴流避開對方。依循絕對領域朝F型零號機的核心飛來的存在，在因為領域消失而跟丟核心的瞬間直線前進，自她身旁掠過。

咚！明明沒碰到，衝擊波動卻劃過這片真空。希絲在小型的子顯示器上瞬間望見了被太陽照得一清二楚的紅槍。

「朗基努斯之槍！——是哪邊的？」

那是經由SEELE之手複製的朗基努斯。

聖遺物編號是01。遭雷里爾載體奪走，藏在補完計畫最初的實驗場地「蘋果核」上位置的它被真嗣給發現，以超級ＥＶＡ朝地球丟了回來。而它在飛越了遙遠的距離後，回到月球軌道的內側。

以急遽的相對速度通過的那把槍，並未再朝F型零號機Allegorica過來。它回到原本的路線，宛如趕時間般奔馳而去。

「不追不行……但它為什麼會在這種地方啊？」

希絲連忙重新啟動零號機。

真嗣確實是假裝將這把槍投向遠方的天空，讓它進入當時同乘超級ＥＶＡ的零No.卡特爾所計算出來，通往地球的寬長歸還軌道。然而那時他可是隔著太陽，從處於地球軌道正對稱位置上的遙遠異星上投出的，無論如何也太快了。

對事情始末一無所知的希絲只能目瞪口呆。原版的朗基努斯應該正為了化為壓榨地球的圓環，在軌道上不斷延伸。當它從軌道上落下，奪走超級ＥＶＡ的心臟之際，聽說全長已達數萬km。

希絲追在長槍後面，一面讓F型零號機Allegorica加速，一面望著旁邊的月球而感到沮喪。在月球輪廓的對側，地球直到最後都沒有升起。

「嗯？」

她一將高速攝影的長槍尾端放大，便在刻出螺旋的朗基努斯槍柄溝槽上，看到夾住般地卡在上頭的圓形Ｎ型機器人的模糊影像。

# ＃2漂流大地

## ■飄泊之獸

新地島作戰後獨自下落不明的US EVA（Wolfpack），在渡過巴倫支海後登陸挪威北岸。這架低能見度塗裝的半機半獸，率領著巨大四腳獸幻影，一面在沿岸地區留下目擊情報，一面就這樣在當地公安與軍隊介入之前，闖進內地的森林裡。

儘管駕駛員真理應該沒有特定目的地，卻有著目的。她在尋找。

這架美國ＥＶＡ將複數動物基因編入ＥＶＡ與駕駛員雙方之中，圍繞在周圍的絕對領域獸群便是這些動物的靈魂殘留。率領這群野獸戰鬥的真理雖然偶有意義不明的言行，但從未抗命過。

這樣的她會不惜拒絕所屬組織US NERV的歸還命令，也要以Wolfpack逃亡，是因為她找到自己理想的模樣了。

明日香ＥＶＡ整合體——眼下的代號是Torwächter α1。

過去世界一切的生命情報，自月面的「方舟」上流入明日香之中。

在物質與情報等值的該處，過於龐大的靈魂詳細目錄浪捲而來。她的ＥＶＡ貳號機為了在這當中保護明日香，自行覆蓋明日香的生物資訊，使其成為明日香ＥＶＡ整合體。儘管湧入的生物資訊有大半在北非抖落，使她取回現在的模樣，卻仍有相當數量的生物資訊在她之中激盪或是沉眠。

真理將那副模樣視為自己的理想，是以尋找著明日香。

Wolfpack周遭圍繞著二十多頭以領域形成的空氣扭曲，正奔跑著。

說起來，將動物基因混入真理與ＥＶＡ（Wolfpack）中的多重混入處理，就是要將過去令NERV JPN也感到棘手的「ＥＶＡ對駕駛員過高的同步要求」，藉由讓共同的基因特性大量混入ＥＶＡ與駕駛員雙方之中來淡化差異，使技術門檻降低的一種野心勃勃的構想。US NERV科學部職員並不承認融合於基因裡的動物靈魂存在他們當中（所產生的現象也認為是真理的自我暗示）。真理卻把自己與這些影子們視為一個族群。

她一直尋找著能讓族群安居的手段與場所。

看到與眾多生命情報共存的明日香後，這個目的便變得明確了。

「——嗚嚕嚕。」真理的瞳孔成了貓科動物的模樣，發出的話語似乎是野獸的嗚叫？

——嗶！

儘管如此，指令看來依舊有效，只見顯示器上開啟了特殊工作的視窗。語音辨識雖然不管用，但思考辨識仍在運作，游標一面閃爍，一面等待進入執行階段。

這個程式本來是利用緊急啟動用的N²點火器，產生超級ＥＶＡ的模擬心跳聲。當然，她知道這會喚來敵人，亦即天使載體——或是Torwächter。但Torwächter的其中一架，就是真理在尋找的明日香ＥＶＡ整合體。

## ■記憶所在

兩架Torwächter毫無預告地出現在歐盟德國的山谷間，萊茵河沿岸的小都市裡。

持有真嗣心臟的Torwächter只是一直站在出現地點的市郊。儘管不清楚原理，但看來那架似乎僅有鎧甲而無內在的巨像，在新地島之戰所受到的重創已完全癒合，原本的接縫也消失無蹤，以平滑的身軀直立——怦咚……！平穩的心跳聲響徹周遭。

然而，明日香ＥＶＡ整合體Torwächter α1卻開始入侵市區。

此時此刻，歐盟的ＥＶＡ——Heurtebise正在修復新地島作戰時的損傷部位，並為了應對自月球墜落的剝離大地而進行改造。其駕駛員則身處他方，偏偏在現蹤的Torwächter腳邊。

護衛她的警衛官們立刻打算帶她避難。「等等！」小光卻握著要送給某人的花束，並以那隻手制止警衛官的行動。

「她——明日香大概只是來見她的唷。」

小光是為了探望被隔離療養的某人而來到這裡的。

為了邁步向前，Torwächter α1抬起有著尖銳鞋跟的腳……

——快停下來，會踩到人的啦！——

想起這句話後，它突然停住了腳。那是以前真嗣說過的話。

黑紅巨人避開建築物與車輛，相當慎重地——緩慢改變步伐與方向，走了起來。

即使如此，這依舊是數千噸的物體以二足步行，從背後垂落地面的背板、自地表的二次元平面伸出的前端同樣處於轉移狀態，縱然沒有翻掘地面，仍會宛如掃把般左右推開地上的物體。大地遭受震撼，漂亮的街道碎裂，基礎建設的各種管線被切斷，樹木紛紛頹倒而下。

Torwächter出現後約十分鐘，掛著鑽地彈的兩架龍捲風戰機便開始遠遠地繞著這座山谷城市盤旋，但並未立刻發動攻擊。面對大型威脅個體，與其集中火力阻止侵略，更應該優先找出對方的目的。他們遵守了這個正確的應對步驟。

況且巨人腳邊還有歐盟EVA專屬的Ritterschaft。

儘管她只是日本的一名女高中生，卻是歐盟唯一能駕駛Heurtebise的駕駛員。小光現在要是出了什麼事，歐盟圈將會損失重大的戰力。

而這樣的她目前要求他們不要動手。

「趕快去避難不就好了。哎，為什麼周圍的人不強行帶走她啊？」

攻擊機駕駛員雖然焦急，不過的確，倘若在此處單純地重現新地島之戰的規模，別說這個縣，將是連隔壁州都會遭受波及的大災難。

明日香的母親目前正陷入沉睡。

數小時之前的她異常激動。在植入晶片形成讓腦內沉靜的電磁環境後，她便睡著了。就她的情況而言，由於長期投藥導致身體對藥物產生免疫，才會憑藉奈米機械構築的電磁網路，自外部抑制腦神經的訊息傳遞。醫生表示在激動的原因——大腦最淺區的短存記憶的類神經網路——分解之前，她都不會清醒。

「這樣也無所謂。」

如此說道後，小光便跟著明日香母親所躺著的智能電動床，一起進入通往屋頂的電梯。

「初次見面，伯母——明日香也來了，我們一起去見她吧。」

起初，設施相關人員對小光想讓明日香ＥＶＡ整合體會見母親的要求不太情願——

「要是不讓明日香見母親，她想必會為了尋找母親而把這裡拆掉唷。」

但小光的這句話讓職員妥協了。

看來這裡並非只是位處鄉間的照護設施，而是歐盟在ＥＶＡ技術上失敗無數次，關於駕駛員適任技術的研究蓄積場所。未被Heurtebise選上的人們直到死亡為止的經過似乎會在此地受到觀察，是特定的人們結束人生之處。

小光曾聽明日香說過母親的事。

她的母親即使醒來，也認不得自己的女兒。

小光心想：「命運可真是諷刺。」殘留於ＥＶＡ 02系列裡，被認為是明日香母親的痕跡，在北非乞求小光拯救自己的女兒。恐怕先前在月面上，她也曾拚命地希望明日香能夠得救。而祈求的結果大概便是明日香ＥＶＡ整合體吧——

「或許是被撕裂了吧。」小光暗想。

她總覺得明日香的母親遭到撕裂，念著女兒的更多部分融入ＥＶＡ當中。總有一天，那些將會回到這個白皙消瘦的女性身上吧。

隨著電梯門開啟，耳邊傳來了Torwächter β的心跳聲與Torwächter α1的重力子驅動和弦。小光的眼睛一適應陽光，就看到滑順光亮、有著紅與黑的α1站在設施前方，在屋頂上形成陰影。

「這樣就不會讓病人曬到太陽了呢。」

眾人不願離開電梯區域。小光於是率先推著床鋪的機動握把，走到明日香面前。

明日香沒有動作。

「這是在遲疑……嗎？」

稍微想了一下後，小光說道：

「我想她是嚇到了，母親看起來這麼小……畢竟從ＥＶＡ上看來，一切都會顯得相當渺小。」

聽起來像是對方現在才發現一樣。

「這是值得驚訝的事嗎？」

「是的，特別是對那個人來說，看起來很大的存在……」

就小光而言——便是在墜落的$N^2$側衛戰機駕駛艙裡的冬二吧。

「咕咕咕咕！」傳來肌肉動起的聲音。

儘管緩慢，明日香ＥＶＡ整合體卻仍把手伸了過來——在場的人們嚇得退開，唯有小光佇立在床旁，直直仰望著友人。明日香像是感受到什麼般，將表面光滑的中指與食指伸到床鋪上頭。

「喂，明日香。」

小光向她說道。

不知她有沒有聽到？明日香ＥＶＡ整合體持續朝沉睡的母親伸出指尖。

「抱歉，我因為冬二那件事對妳生氣了。妳明明幫我接住了他——謝謝妳。」

只要像現在的妳，超越戰鬥的意義與理由的話，想必有著能看見的事物吧……

「Ritterschaft，患者——」

隨護小光的女性警衛官注意到了。

轉頭一看，只見陷入沉睡的明日香母親本來凝重的表情竟倏地鬆懈，微微笑起。

「——！」

雙眼緊閉的她所面對的，是不知該說瘋狂或惡夢般的景況——在這個可見光世界中，半身染黑的紅色巨人像是要從天上壓下來俯瞰著這裡，伸出的細長手臂彷彿引人前往不歸的異界。

難道是邂逅女兒身為其中一部分的明日香ＥＶＡ整合體，喚醒了這位母親的表情？這點不得而知。

——又或者……只要像她一樣閉上眼睛，便能理解這個狀況的本質？無關各人職務，面對明日香母親的微笑，眾人在這瞬間紛紛忘卻了光線下的景況，對此看得入迷。

突然間，明日香ＥＶＡ整合體抬起上半身，看向北方，宛如感受到異常。

「Torwächter $\beta$ 也出現舉動變化……！」

儘管持有真嗣心臟的β依舊站在出現地點，卻也望向了北方。

兩架Torwächter將身體轉向面朝的方向，邁步而出。之所以一面如薄霧般消失，一面如滑行般走動，是因為它們已經從腳部開始空間轉移，沉入地面。

小光眼睜睜看著腰、胸彷彿沉進水下似的潛入地底，最終連頭上的角也被吸入地面而消失的它們離去。

「被呼喚了——誰在呼喚明日香它們……？」

——怦咚……！北歐的森林地帶裡，模擬SEVA心跳聲的波動擴散開來。

呼喚Torwächter們的正是真理，所以她對於它們的出現並不驚訝。

不知是受到蟲害抑或氣候變遷影響，這帶是一片連不會落葉的樹種也落葉枯萎的蒼白森林。在撞倒樹木奔跑的US EVA（Wolfpack）前方，黑色使者出現了。

——視野可見的是β嗎？居然已經四肢健全了……本來覺得趁它受損之際是好機會的說！

「咚！」Wolfpack朝地面蹬去，毫不在意地向前衝鋒，朝那架現身的黑色巨人撲去。

Torwächter會以α1與β的組合出現，召喚天使載體。眼下由一對二展開的戰鬥，有可能會在它們召喚載體們之後，導致兵力比再度拉大，所以對其中之一的體進行速攻並沒有錯。然而——

就在此時，與目標背靠背的另一架Torwächter出現了。

當Wolfpack撲過去的瞬間，兩架Torwächter往左右分開。黑色巨人們拉開彼此相靠的黑色背板，開啟了空間「窗口」。

情況演變成Wolfpack往那裡——漆黑的「窗口」衝去。

朝左側迴避的Torwächter有半身是紅色的。真理看著它的身影……

——明日香！儘管她轉過頭，卻已經太遲了。

宛如落入陷阱一般，Wolfpack正面衝進了展開的黑色空間「窗口」。

當下，真理注意到自己失去了某種束縛，反而變得不自由。

——是哪裡？……來到哪裡了！

她早就思考過「Torwächter會開啟連結空間『窗口』」的這項情報。

——不管哪裡都無所謂。

Wolfpack被拋到空中。四肢張開爪子的它，抓住了逼近的岩石大地——不，沒抓到！

怎麼回事——陀螺儀迷失上下地轉了一圈，Wolfpack的肩膀撞上地面。然而衝擊並未遭到抵消，導致其下半身彈起，龐大身軀旋轉起來，無法站穩在地面上。

——自由落體？無論是我們，還是眼前的岩石表面——

耳裡的耳石在三半規管內浮起——我在墜落。真理做出這種判斷。

虛擬顯示器上所展開的旋轉風景，卻從岩石表面轉暗——

「——！」

變成漆黑的星空。

環境感測器慘叫似的通知壓力急遽降低，讓她總算注意到電磁輻射遮蔽等級竄升的情況。外氣導入系統處於全封閉狀態，需要散熱器冷卻的數台機器自動停機。

正當US EVA的機體再度宛如跌倒般地浮起之際，成群的絕對領域獸群將Wolfpack壓在岩石表面上。真理伸出爪子，抓住地面，這才總算讓機體停下來。

她抬頭仰望。從岩山對面開始升上漆黑星空的，竟是近在眼前的月球。

——宇宙？

此刻，真理的Wolfpack正位處最大直徑四三〇km，遠離月球的剝離大地上。

就在她這麼想的瞬間，背後卻轟轟響起破風振翅聲！——居然有聲音？

近乎真空的世界裡，緊接著自背後擊中Wolfpack的，是風！

——什麼？

它的龐大身軀向前傾倒。

被猶如風般逼近的白霧籠罩後，她在霧中看到了——已經從地球上消失的翅膀們。無數展翅

鳥群的黑影從純白霧中穿越而來。

——幻覺？鳥群沒有迴避，連Wolfpack的機體也毫不在意地穿過。

但真理感受得到風。而指針突然轉到底的環境感測器氣壓計——這次則突然歸零。「風」冷不防地消失，再度回歸漆黑星空與對比激烈的岩石世界。

——剛剛那是什麼？

她沒有思考的閒暇。因為伴隨著心跳聲，Torwächter α1與Torwächter β先後出現了，與從它們開啟的窗口中跳出的四架天使載體一起。

## ■加持旁觀

某處夜晚的山脈，自深邃山谷間仰望天空的，是黑色翅膀的０．０ＥＶＡ卡特爾機（卡特爾ＥＶＡ變異體）。

天上能看到巨大化的月球，以及揮別那裡的剝離大地。

「對你們來說，就是好不容易才膨脹的月球，有一部分碎裂了呢。」

在卡特爾ＥＶＡ變異體的胸口上，穿著真嗣戰鬥服的綾波No.卡特爾一面呼著白氣，一面仰望天空的奇觀秀。她身後的加持容器一面倚靠刺在ＥＶＡ胸口上的ＱＲ紋章，一面說著：「我向黑色巨人傳達嘍。」點起了菸。

「傳達關於『另一把朗基努斯朝著地球歸來了』這點。由於妳不說，朗基努斯複製品的歸還軌道便只有妳知道——妳是這麼想的吧。」

「？」突然開啟的話題指的是？

這是指真嗣與特洛瓦從位於太陽對側的補完計畫最初實驗場地「蘋果核」上，以超級ＥＶＡ朝向地球投回的朗基努斯之槍。

不過，為何會提到槍？

「妳與源堂的兒子是這麼想的吧——『倘若黑色巨人與它的使者是利用大地進行傳送轉移的，那在沒有地面之處，也就是在宇宙空間飛行期間，它們便無法對槍出手了』，完全正確。不過，要是反過來想會怎樣，人偶？」

「反過來？」

「沒錯～該如何取得無法出手的槍？——妳說說看現在的條件。」

有著加持模樣的這個SEELE想問什麼？特洛瓦邊想邊將對方提出的辭彙逆向列出。

「……若要搶先取得歸還前的槍，就得空間轉移至其歸還軌道上——但這需要能用來轉移的大地，所以……」

「所以……？」

語尾上揚、低語般的柔聲詢問，與曾對無數女性這麼做過的加持一模一樣。光看這副模樣，實在不會覺得他的精神被SEELE奪取了。然而依循問題回答的卡特爾，表情卻逐漸顯得僵硬——該不會……

「你是說，正是為了擋住槍的路徑而將月球的一部分粉碎嗎……？」

那難道不是因為急遽的星球改造所導致破綻的自然現象？

「可是！……槍的歸還是在很久以後的地球公轉位置——」

「真遺憾啊，那畢竟是為了射向某物而投擲之際，直到達成目的，或是被擋下為止，行動都處於物理法則外的存在，注入在槍上的意念愈強，效果愈好唷。它已經抵達該處嘍。」

眼下借用加持模樣的SEELE所說的是真話？抑或是試圖欺瞞？理應是進行這種判斷的時刻。

然而……

——怎麼會——！卡特爾得到足以證實加持發言的資訊。由於綾波間的精神鏡像連結產生破綻，在當事者毫不知情的情況下，希絲所目擊的紅槍衝擊宛如不知不覺間存在的既視感，投射在卡特爾的眼裡。

「看來源堂的兒子非常想取回它呢——以這種效率從超過三億km的太陽對側飛越，上頭帶著令人感佩、十分強烈的意念。」

加持的容器把抽完的菸拋進遙遠的谷底。「啪！」卡特爾的不快感則將拖曳著紅色餘暉的菸蒂，用絕對領域表面炸得灰飛煙滅。

「而黑色的使者們打算以歸來的朗基努斯複製品，以那裡作為墮入獸道者的處刑場。」

「走吧。」加持容器的背部離開了泛著血絲的黑色鱗片。

「轉移沒問題，畢竟那也是大地的一部分嘛——前往那片臨時大地吧。那把槍是我們SEELE的東西。」

## ■黑之碎片

『產生反應的只有量子流動傾斜儀嗎？』

「雷達及光達都沒收到回波，沒有放射與反射的跡象。」

然而事前已偵測到撞來的小型危險物體。衛星軌道上的0・0ＥＶＡ中斷對F ZERO Allegorica的搜索，連忙進行伽馬射線雷射砲的射擊準備。

「嘰——」身為駕駛員的特洛瓦一面經由機體聽著緊急輸出狀態的$N^2$反應爐發出聲響，一面瞄準量子流動傾斜儀所指示的接近路徑。

「０・０ＥＶＡ特洛瓦呼叫箱根指揮所，飛來的Unknown正配合這邊的迴避運動修正軌道——根據修正機動判明質量——ＱＲ紋章的符合率為７５％。」

『我就知道會來！箱根呼叫特洛瓦，地球不在射角上，所以毫無問題！准許開砲！再重複一次，准許開砲！對方打算跟卡特爾機那時一樣奪取０・０ＥＶＡ吧。給我打下來！』

憑藉地上冬二的威勢，特洛瓦扣下扳機。

砲管後方的巨大三重連核激發裝置內引發了猶如雪崩的居量反轉，所激發的核子群產生雷射，聚焦在一點上。

「滋！」發出聲響的是一口氣失去蓄電電位的電容器（單一電解槽）微弱的電場膜變形，聚集了三萬六千個電解槽份的全體聲響。

儘管大氣層外的開砲相當不起眼，然而在遙遠的距離之外，閃耀光芒宛如落地粉碎的玻璃碎片般擴散開來。

「質量消失，確認ＱＲ紋章被破壞。」

## ■阻擋之物

到底是何種碰巧的心血來潮偶然導致的？這點不得而知，但機率說不定相當於連續中了好幾次彩券頭獎。總之以前明日香ＥＶＡ整合體沒想太多就以手指彈飛，變成星星的N型機器人，正卡在從太陽對面回到月球軌道內側的朗基努斯之槍上，發送著訊號。

「叮咚♪」希絲追著那個訊號。

綾波No.希絲以在宇宙迷失方向的狀態醒來。其F型零號機Allegorica追著掠過身旁飛走的朗基努斯複製品，持續相當長時間的高加速度。然而……

「嘖……又是都卜勒效應。」相對速度依舊是負的。

不過就在方才，她注意到槍所指之處，星空宛如突然裂開大洞般，欠缺了相當袤廣的部分。

從什麼時候開始的？為什麼沒注意到？

即使為了以次軌道太空飛行實現高速移動，裝備效能足以飛至宇宙，F ZERO Allegorica基本上依舊是地面戰鬥規格。導航系統所持有的星圖上，只有一等星以上高亮度的主要恆星與內側行星——目的是在緊要關頭進行天文觀測——比小學生用來觀星的星座盤還簡陋。倘若持有精密的星

圖，如此明瞭的異變在重新啟動後就會注意到了吧。

某個巨大影子擋住了一部分星空。當她留意到那道影子周圍有著發光輪廓而仔細望去，便見那道光帶的其中一側緩緩地擴散開來，宛如在迴轉一般。

希絲正處於那道巨大影子——脫離月球的剝離大地背面。

「嗶！」防空警報突然響起。她衝進了似乎是剝離大地所散布的濃密沙塵之中。

作為護盾的絕對領域面上散發無數激烈的撞擊閃光。ATF（絕對領域）與磁力線相似，領域所承受到的抵抗感在彈性衰減後，傳達至領域發生源——F ZERO Allegorica機體上，F型零號機則以唯一的左手擋住劇烈振動與閃光。眼看風暴已過，小不點No.希絲將左手從視線正面挪開——「咻♪」她的喉嚨不由發出感嘆聲。

「哇♪狐猴～！」追著朗基努斯之槍的她，自剝離大地的輪廓對側望見纏繞著圓環的藍色地球升起的模樣。

〈是綾波零No.Six嗎？〉不是聲音的聲音響起。

「咦？——是誰？——」但確實地傳達給希絲了。

陸行動物的感官主要在水平方向上表現優秀，頭上的知覺卻總是很差勁。即使真理的

Wolfpack組成群體而使感覺相對敏銳，依舊沒有變成例外。

儘管憑藉感測器的技術力加以彌補，然而不知是未能從飛揚的沙塵中過濾出對方的接近情報，抑或是為了擺脫追蹤而限制輸出所造成的，總之它就是沒有偵測到。

發現地球的希絲在高興之餘，下意識地握緊操縱桿，把能碰到的開關全都壓下去。儘管FCS（射控系統）在對照腦波後鎖住了火器，通訊機的發送鍵卻沒能做到如此機靈的應對，於是就這樣讓希絲語焉不詳的感想搭著電波給送出去了。

『哇♪狐猴～！』

這句話突然從真理頭上傳來。她並未往開啟的通訊視窗看去，而是驚訝地望向天空。頭上的耳朵抖了抖，她隨即注意到——有不妙的東西一起衝過來了！

在這瞬間，圍繞在Wolfpack腰上的光環——雷米爾的粒子加速器猛然像是大浪翻騰似的亮起。Wolfpack周圍的領域獸群化為一團閃電，以驚人的速度跳開——說時遲那時快……

巨大逆圓錐狀沙塵轟地自無聲世界掀起。

朗基努斯複製品落到剝離大地上。

這道震鳴自直徑超過四〇〇km的岩石大地中央朝著周圍響徹開來，在岩盤內部不斷反彈。

——方才的聲音。

〈是綾波零No.Six嗎？〉

朗基努斯複製品落到剝離大地上。

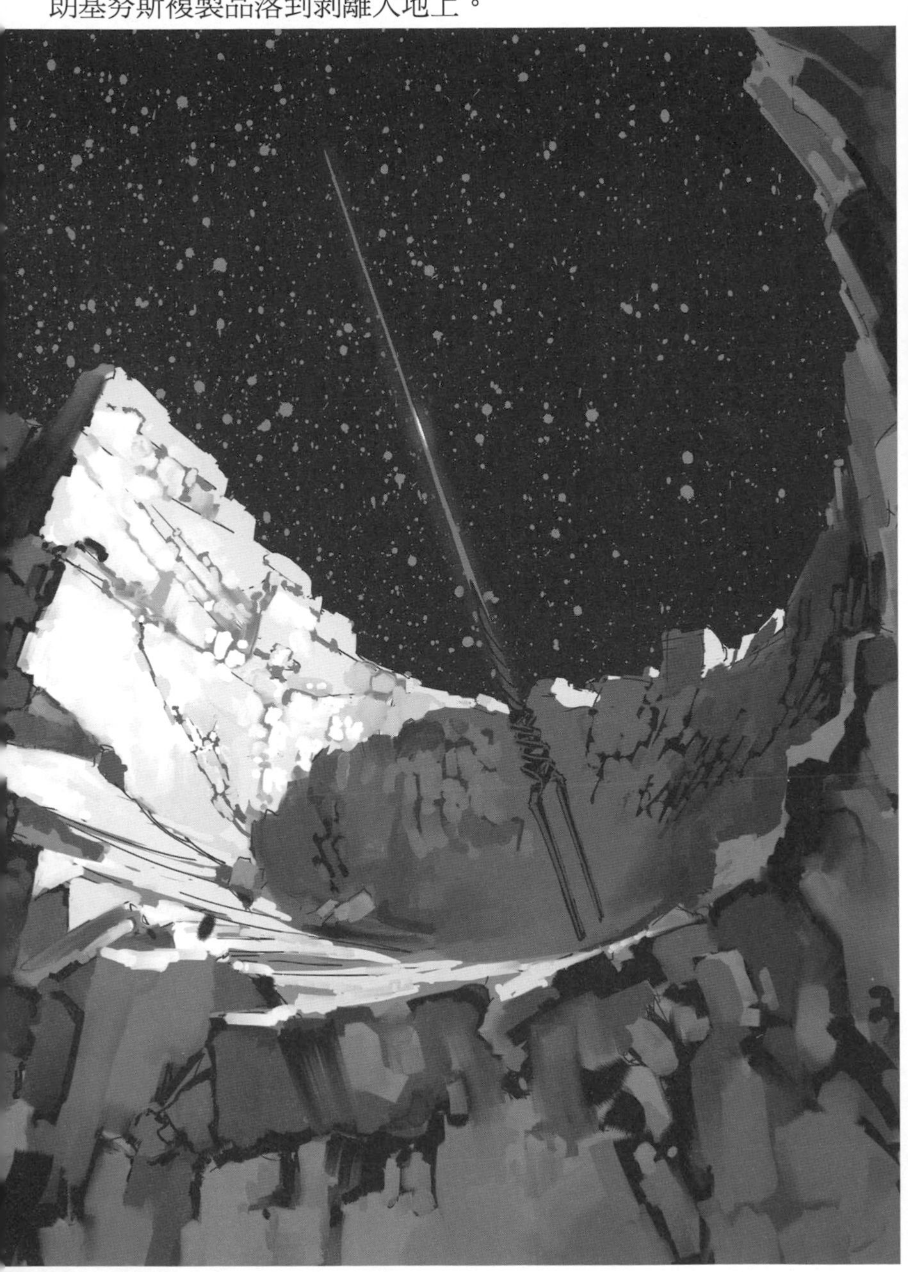

實際上，真理只是暗自沉吟，卻不可思議地傳達給了希絲。

『咦？——是誰——有貓耳朵？』

筆直刺在隕石坑中央大地上的朗基努斯複製品，被Wolfpack以強力的下顎咬住拔起。

〈才不是貓……是狼與狗。〉

載體的ＱＲ紋章為了搶奪那把槍而逐漸接近，卻宛如流血似的噴出紅色火花而粉碎——是被希絲以改造成高功率輸出的天使脊柱射穿了。

『果然是貓耳朵啊。』

在這種地方遇到認識的人，讓希絲的語調跟著興奮了起來。真理聽著她的話，一面以紅槍給予被炸毀單邊ＱＲ紋章而失去平衡的載體最後一擊。

〈Ｓｉｘ，茉茉誤闖到Wolfpack的運輸機上嘍。〉

『我不叫Ｓｉｘ！是希絲唷。真的嗎？我到處都找不到牠，原來真的不見啦。』

真理心想，這說不定是除了自己的族群之外，她第一次會在意的聲音。

希絲的F ZERO Allegorica進入猛烈的反向加速，逐漸減速。

而與其餘三架天使載體交戰的Wolfpack，漸漸適應了低重力下的機動。再加上只要有這把朗基努斯……

〈將這把槍投過來的是Ｓｉｘ妳嗎？〉

『不是不是，我只是追過來的，因為朋友卡在上面！』

〈朋友？〉

『叮咚♪』

接收到卡在朗基努斯之槍溝槽上那台N型機器人的訊號，「啾啾！」真理的監視機器人產生反應，再加上希絲旁的吸盤腳N型機器人，機器人之間展開速度猛烈的對話。不久後，三台機器人便同時對人類對待機器人的粗暴性嘆了口氣。

〈從妳那邊看得到明日香嗎？〉

「明日香在嗎？明～日～香～！」

希絲並不曉得明日香EVA整合體成為Victor，受到敵對認定而被稱為Torwächter α1的事情。而被呼喚的一方應對也完全沒有身為敵方的自覺。在讓天使載體們擔任先鋒的格鬥戰場後方，Torwächter α1追隨著戰場移動，一面待在有點距離的位置上仰望而來，同時揮手回應著。

「看得到唷。她在太陽左側，自轉軸方向一五〇〇m左右吧？」

一聽到回答，真理便操縱Wolfpack強行突破載體的包圍，衝了上去。

「咦咦？什麼？真理是明日香的朋友嗎？」

〈我是為了吃掉明日香而來的。〉

——？聽不懂她在說什麼的希絲把眼睛瞇成一條細線，「嗯～」思考起來。

硬要說的話，「——或許會是哈瓦那辣椒味吧……——呀！」

理應置身於宇宙空間，卻突然遭一陣白風撞上的希絲大叫起來。無數的鳥、鳥、鳥。

〈那是幻覺——別被迷惑。〉

『這不是幻覺唷。』希絲說道。

『妳看，後面有月球，牠們正要飛往那裡呢。』

她毫無根據，只憑著直覺說道。

而在希絲不在場的月下箱根派對上，真嗣同樣代替遲疑的特洛瓦斷言——成為下一個地球的舞台即是月球。

被膨脹月球擋住的地球不斷收縮。即使表面積縮小，總量依舊未曾改變的海水開始到處侵蝕本是土地之處。

唯有鳥類飛越了這片大洪水的世界。

然而會為人類從被發現的新世界帶回橄欖葉的鴿子，已經不在了。

US EVA（Wolfpack）的衝鋒，被持有真嗣心臟的另一架Torwächter β阻擋下來。

〈就是現在——交出來……！把該以這顆心臟驅動的身體……！〉

另一個熟悉的存在，正看著希絲與真理進行語焉不詳的對話，一面與天使載體們交戰的場

面。

「沒你嘴上說得厲害呢。」

綾波零No.卡特爾嘲笑同乘者。

「別說處刑，槍還被搶走了。」

「只要讓那隻四腳獸連同這塊岩棚一起墜落到地球上，事情就解決嘍。」

加持的容器難得地跟卡特爾一起待在插入拴裡。照理說覆蓋上領域的話，應該就能無視環境影響。但過去在這個SEELE加持所操控的駕駛員差點喪失意識之際，曾發生以絕對領域形成的支撐消失，導致他差點摔落的事件。看來或許是讓他稍微嚐到教訓了。

卡特爾坐在座椅上，加持則像倚在小艇邊緣般坐在插入栓內的設備上，宛如不知道一雙長腿要往哪裡擱，把腳靠在插入拴的內壁。

「獸的處刑是從現在開始。」

他們已成功轉移至既非地球、月球，也非「蘋果核」的此處。

轉移通道網路連接到自月球分裂的剝離大地，讓卡特爾ＥＶＡ變異體能出現在這塊位於月球與地球間，剛誕生的小行星上。

「距離毫無影響，因為本是一體，我們不過是在上頭移動而已。」

加持的容器如此說道。

卡特爾機上被植入了成為一連串事件的開端——最初的ＱＲ紋章（黑色巨人阿爾瑪洛斯的鱗片）。奪取加持精神的SEELE能經由這片ＱＲ紋章，干涉ＥＶＡ的駕駛員。

亦即卡特爾無法反抗。

在「蘋果核」上，她代替特洛瓦成為加持的操線人偶——這是出於其自身意志的選擇。然而如今她的目的並非想藉由從屬於他人，逃避在複數綾波身上初次誕生的感情（恐怖）。

加持當中的存在理應會轉生到下一個世界，卻選擇在這個被預告即將毀滅的世界再生。奪取他人精神的這個SEELE到底打算做什麼？卡特爾有了想見證到最後一刻的想法。

這個世界，是三年前讓人類補完計畫無法成立的真嗣所創造的——卡特爾如此認為，並以此為由一度殺害了真嗣。倘若預告末日將至的SEELE現在打算做些什麼，想必已經無關這世界的未來，而是為了下一個世界做準備吧。

■召回

月球結構剝離為人類拋下了新的苦惱與恐慌。要是直徑數百km的岩塊落下，很可能會毀滅地球上好不容易才維持下來的文明。

那塊剝離大地究竟是會被月球給拉回去，抑或會就這樣被地球吸引落下？目前它正緩緩踏入決定去向的危險空域（臨界區）。儘管看似能簡單地判斷出巨大質量的軌道，然而切入角度非常淺，所以不知道會轉向哪一邊。

歐盟與美國指使著聯合國。別說是N$^2$彈了，就連在聯合國綜合管理下，受崇高理念封印的第二次衝擊前的核彈，他們也打算將它從厚重岩盤下拖出來使用。

即使剝離大地闖進危險區域，朝這裡落下，也有著時機上的差異。儘管不知它是否會繞著地球轉動，給予人類應對的時間，然而要是垂直墜落就糟透了。

歐盟與美國計劃在這種情況下，將落下的月球大地炸成碎片。

能不破壞地移開它當然最好，然而它體積太大了。

「摩耶小姐，那麼大的岩塊在粉碎後有辦法清除嗎？」

『別強人所難了。』

從整備室參與指揮所對話的摩耶同樣語帶嘆息。

「問題在於距離太近，不管怎麼做都會造成損害喔。」

儘管說法毫不留情，但事實想必正如她所說的。

「就算假設能理想地粉碎它，碎片依舊會在數百年內持續墜落至地球，沒墜落的也會留在周邊軌道數萬年吧。人類將再也無法前往宇宙，前提是還有未來的話啦……」

「而且……」美里說道。「在那塊大地的後方，月球也正逐步逼近。」

不如說這部分才是主要的危機。

「01S著陸。」

冬二聽到操作員報告而看向主顯示器，上頭出現了自軌道上降落的超級EVA在本部設施的主甲板上踉蹌著陸的模樣。

「喂，真嗣，摩耶小姐他們技術部明明好不容易才清理乾淨的，你這不是把S EVA給弄焦了嗎！」

紫色的龐大身軀似乎因為大氣制動減速失敗而被燻黑。S EVA彷彿游泳般手忙腳亂地往前走了數步，卻在並非升降機設施之處被倏地吞入地面。「……到底怎麼了——」怒吼的冬二也好，仰望顯示器的眾人也罷，在這瞬間全都無法理解發生了什麼事。

真嗣望見在白色朦朧的天空中飛翔的鳥群。

——薰為我準備的最後的鴿子……我放跑的那隻鴿子，現在是不是也在哪裡飛翔呢？……

白霧飄離，化為漆黑的場所——岩山？星空？方才的記憶好模糊……

——等等！我明明應該在讓S EVA著陸的地方才對。

——這是哪裡的視野？

或者是夢？白霧再度湧來，鳥群宛如風一般地穿越而去。

待霧氣再度散開之際，明日香——Torwächter α1就在附近。

——怦咚！

心跳使胸口發燙，讓人意識到血液在全身猛烈循環。

真嗣低頭看去，發現胸前的中央三角猶如火焰般閃耀波動。這個感覺並非幻覺。

倘若真嗣被奪走的心臟在這裡——

「這是Torwächter β的視野……」

——糟了……！

靈光一閃的他隨即因惡寒而僵住。怎麼會沒想到呢？既然我能呼喚遠方的心臟之力，那麼我的身體也很有可能會受到這顆被奪走而堅稱是「我」的心臟呼喚——

——怦咚！

〈將我的身體，以及揮舞的武器——還來吧。〉

那是另一個真嗣的聲音。

「！……等等！」

此時此刻，咬著朗基努斯之槍的Wolfpack推開了襲來的天使載體，正要朝著明日香——Torwächter α1撲去。為了保護明日香，真嗣瞬間反射性地以Torwächter β的黑色手臂舉起巨大武器。

——武器？

『真嗣！快住手，你在做什麼！』

揚聲器傳來了摩耶的怒吼，猛地將他喚醒……為什麼在整備室裡？

感覺像是意識與Ｓ　ＥＶＡ同化時那般。並非由插入拴裡看出去，而是ＥＶＡ之眼即是真嗣之眼，巨大的手便是他的拳頭。我到底是——？

「被心臟……呼喚了——摩耶小姐！心臟——想要武器……順手的武器……！」

順手的武器？

他以超級ＥＶＡ的左手握著東照大弓這件事，遠方的心臟也注意到了。

〈……射吧！〉

自己的手被強行奪走主導權，高舉東照，瞄準天上的某個點。

況且東照——那把無論怎麼做都毫無動靜的挖掘大弓啟動了。

設置在弓形骨架上下兩側的粒子誘導元件上，分別排列著七個能量注入器，上下相對著。

在兩個元件正中央的範圍內，浮現眩目的七道光芒。

機體轟轟低鳴。

有龐大的能量自遠方的心臟積極地傳送到Ｓ　ＥＶＡ身上。

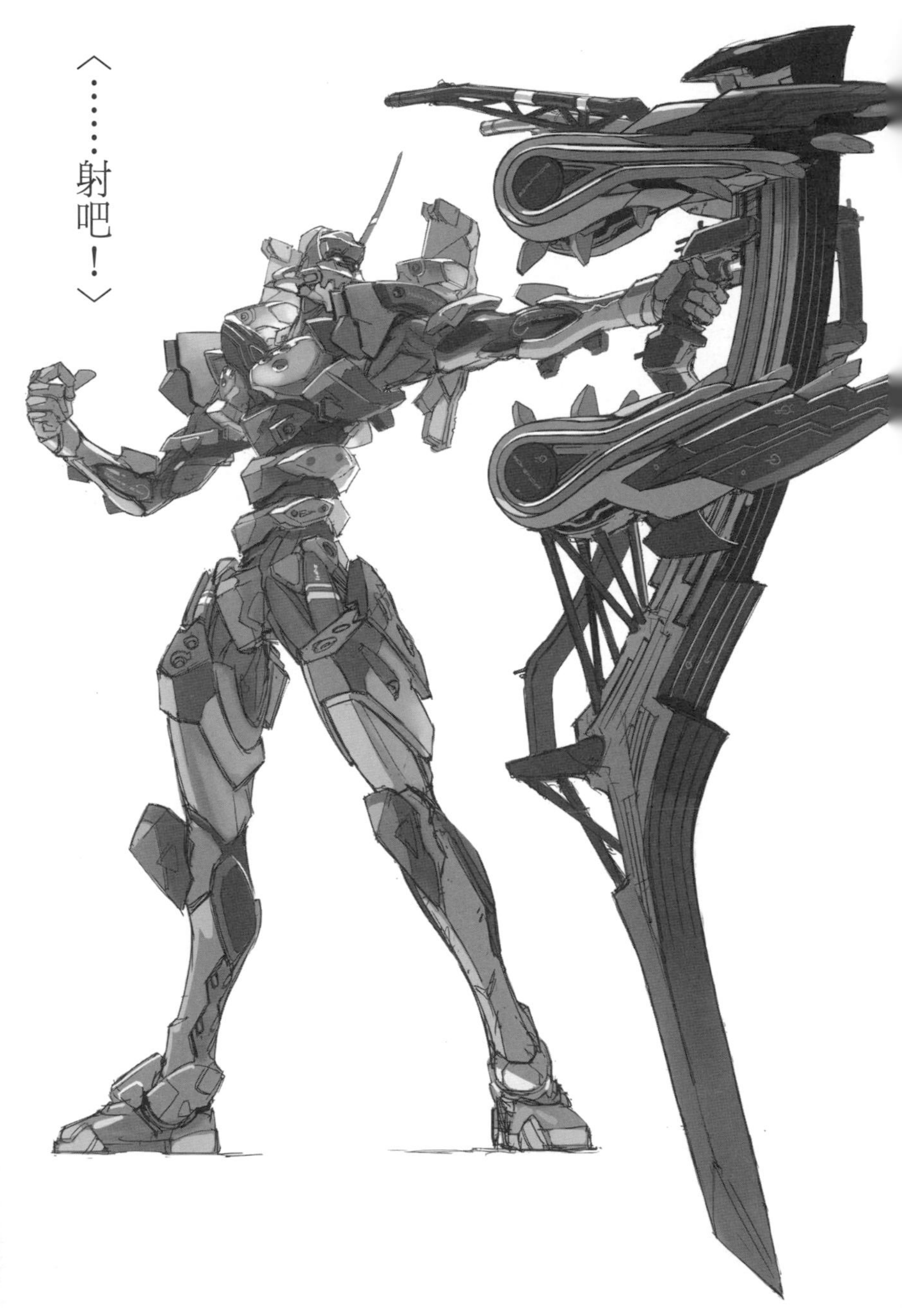
〈……射吧！〉

然而——然而完全不夠。

宛如被掐住脖子，一面卻又不得不吐氣的強制性搾取。

——快、住、手……！真嗣的喉嚨又乾又渴。被逼得陷入生命危機的焦躁，使遠方的心臟跳得更加劇烈——這樣還不夠嗎！

即使想停止這股能量流動也停不下來……這種時候如果換作是特洛瓦，如果是她，是不是就能設法停下來？

〈對話之器——不能落到野獸手上。〉在巴別塔裡時也曾聽過這種聲音。

——聲音……七道光芒無止盡地吸取力量，真嗣的意識開始遠去。就連他本身、超級ＥＶＡ的存在都要化為能量流被吸走了。

閃耀的七道光芒排成直線……

——這是「箭矢」嗎……？

以這為最後的思考，他的意識化作一片空白。

ＮＥＲＶ本部微微搖晃。警報響徹開來。

被七道光芒轟出通道的，並非只是被炸飛的第二整備室裝甲頂蓋。

很不幸地，此時此刻待在屋外的人們紛紛失去重力束縛而無法站直，接二連三地跌倒。

而他們在倒地之際看到的天空——

——第三新東京上空的藍天突如其來地被打穿，出現一片不會閃爍的漆黑星空。

或許是因為大氣消失了吧。直到方才仍映在藍天上的白濛濛月球，以及前方小小的剝離大地，在強烈的黑白對比下看起來既清晰且立體。只見東照的箭矢拖曳著巨大光芒飛向該處，極速而無聲地衝上天際。

緊接在這短暫的奇蹟後，彷彿停止的時間再度轉動般，驚人風暴突發性地颳起，未被固定的東西陸陸續續地飛向空中。

這是因為要填補被撬開的天界真空，周圍大氣一擁而上。

升上天空的箭矢幾乎是以光速轉眼間抵達剝離大地，散發出足以將所面向的地球高層大氣燒盡的強光。等到片刻後光芒退去之際，約莫剝離大地的一半——直徑二〇〇km範圍的玄武岩地面——便連同那份質量一起消失了。

大氣從周圍一口氣湧入第三新東京上空，大氣密度瞬間飆升至六五〇〇百帕。大氣密度過密導致所有高度都產生強烈碰撞，引發劇烈的衝擊波。

簡直就是關上天空之窗的聲音。箱根山火山臼內的一切事物全被颳倒了。

當「重力」恢復時，聚集在指揮所裡的職員們幾乎全摔在地上，不過冬二以鍛鍊過的右手與蒼白的左手抓住桌型控制台支撐住了。在他確定雙腳能夠踏穩之際，各地的損害報告也蜂擁而至，讓指揮所亂成一團。他在這團混亂中連忙呼喚第二整備室。

「摩耶小姐，回報狀況！SEVA怎麼了？」

屋外才剛因為氣壓差所凝聚的雲層而變得宛如黑夜，隨即便像是要報復天上被開洞般地下起猛烈豪雨。

雨水狀似瀑布地湧入失去天花板的第二整備室。身處整備室控制站的摩耶隔著被撞花的防爆玻璃，望見巨大鹽雕倒塌的景況。

「──啊……！」

曾是超級EVA的存在傾圮坍毀。

弓在發射的瞬間消失了。擺出舉弓向天姿勢的純白巨人雕像是鹽塊，承受不住自身重量與雨水落下的衝擊，自肩膀處開始斷裂，維持著塊狀崩落。接著像是被壓碎一般，超過一〇〇m的白色身軀揚起鹽塵，伴隨巨響與地鳴，由上而下連鎖性地崩塌了。

# #3在新舊世界的夾縫間

## ■效應

最大直徑四三〇km的剝離大地自月面向地球逐漸逼近。東照大弓射出七連星箭矢，在距離地球十萬km的位置上將它消滅了一半。

這些被消滅的質量有大半並非成為碎片，而是化作大量的微中子與伽馬射線散發出去。

它們把面向的地球高層大氣燒盡，使危險的放射線抵達地表。儘管之後想必會演變成相當嚴重的事態，不過假設如此龐大的質量在這個時空被轉換成能量，照理說會燒盡大氣，使地表化為一片焦土。看來能量似乎有大半落到了「其他世界」。

也就是說，距離最近的威脅質量有一半就像是被橡皮擦擦掉般減少。話雖如此，棘手的情況反倒增加了。

『這裡是0．0EVA（特洛瓦）——收訊不良，通……情況——不良。』

軌道上的０．０ＥＶＡ與綾波零No.特洛瓦展開絕對領域與物理護盾，勉強撐過了這場伽馬射線風暴。

「箱——沙……指揮所呼叫０．０ＥＶＡ，寬頻帶上產生電磁干擾——無法收到那邊的電波！請依照ＥＣＣＭ（電子反反制）程序處理——更改編碼率，再重複一次——嘎嘎！」

由箱根傳出的日向聲音同樣斷斷續續，就連微波級的短波長都變得難以傳遞。

受到高能粒子撞擊，電離層的Ｅ層與下層之間產生強烈突波，導致通信故障。不僅如此，更糟糕的是美國與中國飛在下方平流層的通訊平台，在根本沒多少可燃氧氣的高空像是以微波爐加熱的金屬般熊熊燃燒，巨大飛船墜落至太平洋與加勒比海。

在這個因為重力下降而失去衛星、地殼暴動導致電纜斷裂的世界上，透過平流層飛船中繼的通訊網路是最後的依靠。這是以七艘飛船圍繞地球形成的大規模通訊循環系統，墜落兩艘所造成的損失非常大。

實際上就在此時，受到抵達地表的粒子影響，有超過一百五十架航空器墜落。東半球各地輸電網的所在之處產生高次諧波，引發大規模供電中斷。

照理說應該有許多ＳＯＳ訊號發出，卻沒有能夠傳達的手段。

箱根依舊處於暴雨當中。

比起大量降下高能粒子的影響，挖掘武器東照的發射效應在這裡造成的破壞損害更加嚴重。

儘管東照發射後導致重力下降與大氣消失不過是一時性的現象，該說是餘震的反動卻相當巨大。真空化後的大氣集中形成高密度衝擊波，宛如通古斯的隕石空爆般將箱根火山臼內與周圍外輪山的樹木呈放射狀地全部颳倒，就連第三新東京市區也受到了重大損害。

目前冬月正在指揮所的頂部甲板指揮損害管制作業。

伴隨手指「叩、叩」敲響控制台桌面的螢幕，死亡人數已達兩位數。

「又增加了啊。」箱根山火山臼內的失蹤人口則是它的四倍。

傷患將近五〇〇人。

東照射出箭矢的那瞬間，地上便彷彿直接連上宇宙似的被挖空了。

——竟然只有這種程度的受害呢。冬月嚥下這句話，做出指揮。

「關於受災市民前往避難設施的後送，呼籲避難之際要指示民眾佩戴帽子，穿著長袖秋春裝。現在是陰天倒還好，但被燒毀的臭氧層沒那麼簡單能修復，一旦太陽出現就會降下強烈紫外線。」

『0．0（特洛瓦）EVA呼叫NERV JPN箱根指揮所。』

特洛瓦以切換成紅外線波長的雷射通訊呼叫CP。

雖然不甚清晰，卻比超短波通訊來得清楚。

「遙測資料接收中——」收到資料的日向大略看了顯示器一眼……

「生命徵象……妳和ＥＶＡ都沒事，真是太好了。」

以箱根為中心，在主顯示器上袤廣展開的地球影像有半球呈現純白一片，看不見地面，極光的光環圍繞在這塊區域周圍。這是特洛瓦傳送過來的即時影像。

「雲層……？」

由於降下的高能粒子也刺激了深層大氣，促使水蒸氣產生凝結核，喚來濃密雲層，讓從宇宙看來的地球有一半變成宛如整面奶油濃湯的陰天。

冬月「呼」地吁了口氣。

「今天一整天都用不著陽傘啊……」

就像這樣，先是電磁干擾伴隨幾乎同時發生的放射線一起抵達。

緊接著來到的是——

特洛瓦報告了此事。

『碎片的密集雲要過來了。受到方才質量半消失的衝擊影響，從剝離大地殘存的質量分解揚起的碎片是第一群——之後，由月球伴隨分裂大地而來的碎片是第二群。達足球尺寸的微粒子多得無法計算，限定小客車以上尺寸的有七二〇個，最大的碎片則有觀測到大型貨櫃尺寸。第一群抵達地球的時間估計為三十八小時後。』

以當初的損害預估來看，這部分同樣可說是相當輕微。然而讓這七二〇個碎片落到地表上會造成重大損害這點，依舊無庸置疑。

——即使會增加微塵，在這種時候也是沒辦法的事吧。冬月下令。

「特洛瓦，以0．0ＥＶＡ的雷射砲減少大型碎片數量。暫時中止搜索希絲機。」

儘管並未擺出不滿的表情，零No.特洛瓦卻也停頓了片刻。

『……了解——等等……有人以聯合國的美國、歐盟、非洲等各理事國名義，要求NERV JPN擔任通訊中繼點。』

「什麼？」眼下平流層通訊網路欠缺了一部分，看來對方是來要求0．0ＥＶＡ代替通訊衛星的。

『發訊源位於法國東部，歐盟立即反應部隊第一軍中央情報中心，編碼是聯合國軍的ＵＥ9格式。』

看過送來的電文後，日向顯得有點厭煩地抬頭望向頂部甲板。

「美、歐、非各國聯署要求我們說明，是以何種手段將來自月球的巨大質量消滅一半的，此外還期待我們火速展開第二次作戰，並不惜提供一切相關協助——上面這麼說……總之就是要我們趕快再做一次的意思吧。」

「背面的人還真輕鬆啊。等下這側——以箱根為中心的這半球國家——就會反過來針對我們將高層大氣轟掉，導致放射線落下的行徑抗議嘍——我想想，就先回答『不清楚所謂何事』吧。」

首先，就算要再做一次，身為事件關鍵的個性也已經連同肉體一起化為鹽消失了。

『冬月代理副司令輔佐，我有事請教。』

「什麼事？」然而這件事非得告知特洛瓦不可。

『月球的剝離大地之所以半毀，是箱根的攻擊造成的嗎？』

挖掘武器進行射擊之際，以繞行軌道的她的角度來看，箱根位在地球背面。

「沒錯，使用了東照。」

『……碇同學在哪裡？』

目前是讓從圓環軌道上移動過來的司令部建築停在開口處擋雨，取代被炸飛的裝甲頂蓋。儘管事情發生得過於突然而令人難以接受，但在開門踏入第二整備室乾甲板層的瞬間——

「啊……」任誰都呆若木雞。

看了那幅木已成舟的景況，怎樣也會明白。

那是鹽山，一座山。

與頭頂高一二〇m的超級ＥＶＡ同體積的鹽巴崩坍，堆成一座山倒在那裡。

閃爍白光的顆粒在乾甲板上形成山峰而盤據。雨水慢慢從邊緣浸滲這座鹽山，白色斜面流入LCL池，由於流入的鹽量太多導致無法完全溶解，開始以異常的速度結晶化。

——一旦演變成這樣就沒救了。

自從原版的朗基努斯之槍開始繞行軌道以來，有超過二〇〇〇萬人口化為鹽柱。而且那真的是鹽，縱使蒐集起來也愛莫能助。

「真嗣啊——你這是怎麼了啊……」

如今作為代理副司令而很少讓自己崩潰的冬二穿著橙色防護衣，茫然若失地佇立在鹽山前。穿著相同防護衣的美里從他身旁通過，開始爬起曾是超級EVA與真嗣的鹽山。

她的心情也跟冬二一樣，但身為總司令的職責在背後推動著她……不，還有個存在推動著她，那就是假如停下腳步便會喪失未來的強迫觀念。

儘管被吸了雨水的沉重鹽粒拖住腳步，她依舊往上爬去。

「哈——！哈——！」

美里聽著自己迴盪在防護衣面罩裡的喘息，一面宛若死命掙扎似的攀爬白色山峰。要是鬆懈下來，初次迎接真嗣到自己住所時的情景便會自記憶深處湧現而出。

她對這樣的自己感到氣憤無比。

——這算什麼？我的大腦已經接受真嗣死了嗎？

也就是所謂的美好回憶？

開什麼玩笑……得思考才行——非得思考不可。因為……

『別再過去了——很危險。』

頭戴式耳機傳來摩耶制止的聲音。

——這段話具有某種意義。停下腳步的美里抬頭仰望。

她的正面，純白鹽山的山頂上，彷彿石碑般插著黑色ＱＲ紋章。

只有它沒有化為鹽粒。這塊量子共鳴板從超級ＥＶＡ的胸口高度落下，包含深深刺進鹽堆裡的部分在內約一〇m左右，卻仍以讓人仰望的高度展現威容。

它既是阿爾瑪洛斯的鱗片，也是傳達那架黑色巨人力量與意志的量子傳送門。面對被奪走心臟而瀕臨死亡的真嗣與超級ＥＶＡ，靈機一動的小光扯下自己歐盟ＥＶＡ(Heurtebise)上兩座ＱＲ紋章的其中一座，插在超級ＥＶＡ的胸口上。

另外也得到了零No.卡特爾與No.特洛瓦協助，使真嗣與超級ＥＶＡ憑藉這塊很可能將他汙染成敵對存在的黑色裝置延續生命。

量子共鳴板表面宛如磨亮的黑曜石般漆黑一片。若要說它是石碑，想必是墓碑吧，或者該說是路標——

「阿爾瑪洛斯的表面、活動中的載體，外加雖是人為移植到ＥＶＡ上，卻是第一塊以獨立單體保留在這世上的ＱＲ紋章。」

主要工作人員中唯一目睹超級ＥＶＡ鹽柱化並崩塌的摩耶，並未提及關於真嗣與超級ＥＶＡ的事情。

在三年前的本部戰，真嗣打破了人類補完計畫。

倘若將卡特爾斷言這世界是真嗣為了自己所決定的說法，以及阿爾瑪洛斯畏懼他心臟的舉動照單全收，真嗣存在消滅的此時此刻，自己等人難道不是目睹了末日成立的瞬間嗎？

——太蠢了，我在想什麼？不堅持他活著的話又能如何——

奇妙的事件接連發生，感覺似乎都快麻痺了。

摩耶與美里字斟句酌，彼此的說話方式都變得不甚自然。

「畢竟對載體戰中會成為攻擊目標的便是這塊ＱＲ紋章，要毫無損傷地……保留是有些困難——但通常連碎片都不會留下，絕對會消失吧。」

「……是啊，照理說即使是碎片也全會消滅。既然它以完整的形狀留下來……」

「想必有著某種意義呢。」

「我想知道的就是那個意義。」美里如此逼問，得到的卻是一陣無語。接著——

「——啊……」摩耶欲言又止。「……現階段還……」

她陷入沉默。

突然間，美里以雙手揪住摩耶的防護衣衣襟把她拉了過來，彼此的面罩看似就要撞在一起。

「——想到的話就說啊！說真嗣還沒有完全消失！說QR紋章會完整留下，是因為他仍以某種形式與這世界聯繫在一起啊！」

——這是真的嗎？抑或只是我的願望？

搞不清楚了。

冬二喃喃自語般地說：「真嗣……還活著嗎？」

聽到他這麼詢問，摩耶猛地甩開美里的手。

緊接著，在這之前所壓抑的感情終於爆發了。

「……啊——啊，妳這個人！老是放任情緒，將自己的想法赤裸裸地強加在他人身上！別讓孩子抱持著還不知道存不存在的期待啦！」

像這樣不肯死心，只是將自身願望強加在他人身上這種事，美里本人也……

「這我當然知道啊！」

憑藉著難得發火的氣勢，摩耶乘勢追擊：「那、那妳就負起責任來啊！給我優先調查這件事的許可！當然，動員規模必須無上限……！」

她其實有察覺到，自己想說的話，美里全都幫她說出來了。

唯獨一點無庸置疑。一旦覺得沒有意義，一切意義都會消失殆盡。

## ■瞌睡

他正待在波浪會朝著各種顏色湧來，宛如淺灘般的場所。

無數鳥類飛越從那片水面到天空的高度。儘管不知道自己究竟身在何處，狀況看起來卻很不尋常。身體十分沉重，意識也很模糊——既然如此，以「夢中的風景」來形容想必最為接近吧。

然而自己為什麼沒有思考這究竟是哪裡呢？果然因為是夢吧。不，應該說能讓他對此感到疑問的存在——至今以來的人生經驗與大半的知識——都被切離了。

直到不久之前，他仍傾注心力在上頭的事，其實是自己能待在那裡的「被需要的證明」，但就連這件事現在也變得淡薄了。

自己的名字、所得到的知識，以及種種執著。

從這些當中獲得解放的他，如今所置身的狀況卻非平穩。

腳下干涉著七彩的波浪濺起水花。然而他並沒有在奔跑。

舉起手的他東奔西走——跟著什麼？

出現在他眼前的是蛇。

那是條彷彿掙扎打滾的閃電般，以眩目電光構成的大蛇。而自己的背後則有著纏繞赤色之風的一名女孩。看來他闖進了咧嘴張牙的蛇與遭到襲擊的女孩間。

奇妙的感覺油然而生，身體在他想動之前就先動了起來。儘管是自己的身體，感覺卻不像是自己的所有物。

當形成光環的蛇解開環形，裂嘴張牙地撲來之際，蛇頭分裂成八道……不對，是更多道而襲來。他揮動手上的黑色大弓，打掉好幾顆頭，然而數量實在太多了。纏繞著雙腳般踏起的淺水灘濺起水花。蛇始終以女孩為目標，襲擊顯得執拗無比——但是……不知為何，他有種自己必須保護她的感覺。

雷蛇口中凌厲地伸出前端分裂的鮮紅蛇信——狀如長槍。

〈我知道它……！這是——〉

想不起它的名字，他卻理解它非常危險。

——到底是從哪裡取出來的？

Torwächter β從自身影子裡突然取出大弓揮來。嘴裡咬著朗基努斯的Wolfpack在千鈞一髮之際避開，所率領的一頭絕對領域之獸卻被這擊給打飛了。

——不知何時拿出來的大弓——比Torwächter自己的身高還大。

這裡是從月球分裂，開始朝地球方向飄去的剝離大地。不過這塊大地在東照的射擊下失去了一半，陷入除了飛鳥的幻象之外，還有碎片從側面飛來，龜裂遍野的慘狀。

而大陸半毀的瞬間，襲向Torwächter α1（明日香EVA整合體）的真理在介入阻止的Torwächter β——持有真嗣心臟的這架黑色巨人——身上，感覺到發生了某種變化。

——況且攻擊突然加重了……！

彷彿被什麼附身……不，是更加物理性的變化——

真理「咻咻」地抽著鼻子。

過去，這架黑色巨人β曾在自稱是真嗣後離開戰場……

——這是怎麼回事？對方打從方才就傳來她所知道的真嗣味道。

β守護似的在Torwächter α1（明日香EVA整合體）前方舉起右手。

沒有箭矢可用的他舉起右手，意圖保護赤裸肌膚上纏繞著洶湧赤色之風的藍眼女孩。女孩同樣也很不可思議，映在視野時是這副模樣，若出現在背後，卻會讓人感覺她身後有著數量驚人的集團。

更重要的是，她打算戰鬥。

比起被保護，倒不如為了保護他而挺身而出。看來她認識自己。

——她是誰呢……不過他依稀記得她是很重要的人。

保護她對自己來說肯定有意義。他如此認為。

她已非少女，卻也不是女人，在這兩者的界定間緩緩擺盪。

——要問問看她我是誰嗎？——

朝著撲來的閃電之蛇，他將大弓插在地面上……

把弓插在地面上的Torwächter β以其為軸心旋轉，用伸長全身的大幅度踢擊將Wolfpack刺出的朗基努斯槍尖從側面踢飛。

槍被踢開的Beast扭動身體，旋即以四腳的爪子抓住低重力的大地，讓三〇〇〇噸級的龐大身軀強行停下來。

——為什麼味道變了？

〈你是「真嗣」吧！當時你從新地島上消失時，確實這樣自稱嘍。〉

真理朝黑色使者Torwächter β如此大喊，但實際上是再度發出長嚎，卻奇妙地能夠溝通。在

附近戰鬥的F型零號Allegorica上的綾波零No.希絲對此加以否定。

『這才不是真嗣唷！——真嗣他呢……那個，會再稍微呆一點唷？』

然而比起人類的話語，真理更相信自己的動物直覺。

〈現在那個黑色真嗣……跟我知道的真嗣有著相同味道……重疊了？〉

而希絲正受到天使載體襲擊，無法接近真理的戰鬥。

真理為了再度襲擊Torwächter β背後的Torwächter α1（明日香EVA整合體）而踢向岩石跳起，在幾乎無重力的環境下，靈巧地不斷變換自身大質量的位置。

『妳為什麼要欺負明日香啊？』希絲無法理解。

Wolfpack甩著頭，將咬著的紅槍宛如指揮棒般在前方空中轉了一圈半，改變槍尖的方向……

——鏘！它再度以牙齒咬住紅槍。

〈剛剛說過了吧，我要吃掉她。〉

希絲感到背脊發涼。儘管不知道理由，但真理是認真的吧。

『不准欺負明日香啦！』

〈只要和我融為一體，我會連同她一起照顧唷。〉

她在說什麼？

『明日香！過來這裡！』希絲一面戰鬥，一面像是呼喚狗狗安士與茉茉地叫著Torwächter α1——然而紅黑巨人只是朝這裡看來，並未離開Torwächter β身旁。

「啊，真是的！」

搞不懂到底誰是敵人、誰是同伴。由於參與新地島戰的次軌道太空飛行失敗而在宇宙迷失方向的小不點希絲，僅有在這之前的情報。

插入拴內的顯示器標示也是，Torwächter β仍是Victor 2、Torwächter α1仍是Crimson A1，全然不知Torwächter胸懷被奪走的超級ＥＶＡ的心臟出現的事。

不過希絲覺得在戰場上規律響徹的心跳聲（重力波動），是她所知道的超級ＥＶＡ心跳聲。

——對方真的是真嗣嗎？那超級ＥＶＡ怎麼了？

以小腦袋邊想邊戰鬥實在不好。待她留意到時，已漸漸與真理拉開距離。

US EVA beast（Wolfpack）追著兩架Torwächter越過看似山的稜線，到了向陽側的樣子，在飛鳥的幻象穿越後便下落不明了。

巨大的地球自希絲所在的背陽側升起。視野能及的半球上全覆蓋著雲層，讓那道地球光宛如雪人般更顯明亮。「為什麼是純白的？——哎呀，總之！」

朝天使載體射擊數次領域侵攻銃「天使脊柱」的她，似乎反倒使對方看穿自己是以遠距攻擊為主，瞬間逼近的三架載體轉成近身戰而讓她徹底遭到壓制，完全被擋下了。

「嗚嘰～～！」

為了封鎖想移動至向陽側而飛起的F型零號Allegorica上方，一架天使載體飛起……

「——！」

它豪邁地擋在前方。正當希絲打算瞄準其中心之際——

載體腹部上背對太陽的繭，從左右兩側宛如蝴蝶翅膀般竄出遠比載體本體更為巨大的某種膜狀物體，一個勁地伸長起來，前端則狀似手掌地展開了。

那是單翼有著一二〇〇m，彷彿原生生物的使徒——薩哈魁爾的手臂。

■大地命名

緊急時刻也能充作避難所的升降機吊艙，就連門的隔音性也非常高——美里這下總算體會到了。當她抵達指揮所的頂部甲板，升降機門開啟後，迎面便傳來一道慘叫。

綾波零No.特洛瓦的尖叫呈脈波而來。

這並非一般的叫聲，而是人在壞掉時發出的「聲音」。束手無策的日向已經開啟緊急控制板，手指正準備輸入施打鎮定劑的指令。

——看來特洛瓦知道真嗣發生的事了吧。

儘管如此，她居然會像這樣……唉～～這算什麼，是戀愛度提高了嗎？

或許是剛跟摩耶吵過一架的關係，美里進入遷怒模式，倏地深吸了一口氣……

「給我安靜下來，特洛瓦！」

她冷不防地怒吼。

特洛瓦之所以尖叫是思考溢位——恐怕連自己在尖叫都未能察覺的感情爆發——所引起的，因此無論是誰向她搭話都得不到任何反應。然而這樣的她卻受到美里的怒氣壓倒，「嗚」地安靜下來。

指揮所工作人員這時才總算注意到總司令到來而轉頭，但所有人都被她的表情嚇得停下動作。

「不要緊，因為我也無法接受！」

美里正以咬牙切齒的驚人笑容笑著。眼下她正對許多事情生氣，無論是對自己、對旁人，還是對狀況。而現場並未出現任何一個敢問：「事到如今到底是什麼沒問題？」的強者。

「那個～……」青葉戰戰兢兢地向她報告。

「這是夏威夷——茂納凱亞山傳來的最新情報。已計算出自月球飛來的剝離大地在體積變動

後的最新軌道了。」

發現自己突然受到注目的他繼續提高音調，加速說道。

「剝離大地在失去平衡後偏離軌道。儘管會從極近距離掠過，但不會撞擊地球！會在橢圓軌道上繞行三周後往月球落下……！」

宛如不斷壓抑的情緒瞬間爆發般，指揮所突然一片歡騰。東照理應稱為誤射的射擊並非徒然——儘管犧牲無比重大。應該要這麼想吧？

冬月卻在看到那個軌道後陷入沉思。美里則依舊一臉凝重——屆時月球會有多接近地球？剝離大地不過是開端。她像是要重整態勢地做了個深呼吸。

「『自月球飛來的剝離大地』太饒舌了，那塊岩棚的代號就取作黃泉比良坂吧。」

「喔？」冬月說道。「也就是位於月球與地球間，黃泉與人世之間的坡道——不，反過來才對吧？」

■黃泉比良坂向陽側

Torwächter β與Torwächter α1交互地將能量盾衝擊打過來。

面對這種把類似絕對領域的力場推過來的攻擊，真理雖然想以飄浮在Wolfpack腰際周圍的雷米爾粒子加速環射出加粒子砲進行反擊，但似乎也會射到明日香，只得按捺住。

或許是因為倘若以加粒子砲破壞，會與她打算捕食對方的目的不一致吧？這份無從宣洩的情緒，導致狀似閃電繞成環狀的光環連發射都無法發射，「劈啪劈啪」地溢散著過剩的能量。

明日香——Torwächter α1——將一部分背板變形，隨即作為投擲錘丟來。那是以前β在新地島揮動過附吊索的紡錘狀物體的縮小版。

〈明日香，成為我的所有物吧！〉

真理打算在以朗基努斯之槍阻止明日香的行動後吃掉她。

Wolfpack以領域形成的族群與真理忽地改變陣型，千鈞一髮地閃過擲來的紡錘狀物體後，便依循最短路徑湧向明日香EVA整合體（Torwächter α），卻被突然闖入的Torwächter β揮出大弓給擋下。

β以被大弓帶走重心的姿勢，用肩膀撞來……

——？這個過大的動作是怎麼回事？

真理輕而易舉地避開對方。或許它無法在這種低重力環境下完全控制動作……

「砰！」β衝過頭，撞上的岩石表面被轟飛四散。

根據直到真理參戰時的新地島歐盟軍情報，Torwächter並未具備裝甲下的軀體，代表它只是一副空鎧甲在行動——但這不是那種輕巧存在的撞擊。

儘管擁有心臟，卻無法徹底發揮那股力量的這架巨人，突然得到了高密度的力量——真理野獸的部分察覺到這種氣息。充滿力量的巨大質量，行動也很敏捷，卻會做出莫名的大動作。

它高高地躍起踢來了。

——倘若是人類尺寸的格鬥也就算了。這種多餘的動作……是故意的嗎？

他的手腳正以驚人的速度行動。然而……

——被操縱了……跟人偶一樣？

對上閃電之蛇，自己的身體在思考之前就做出行動，甚至讓他湧現快感。隨後他卻開始注意到這漸趨極端——超出自身意識——的事實。

〈你也曾呼喚過我吧。這次則是我把你的身體給喚來了。只是這樣而已。〉

在疑問浮上心頭之前，有人回答了。

宛如「他自己」。

這麼對他表示的是胸口……自己的心臟？

不過，他依舊問了出口——你是誰？

〈從現在開始，我會成為你的一切，所以你就連自己的名字都不用再想起來了。〉

不可能看不穿ＥＶＡ尺寸的過大動作，況且還是在這種低重力環境下。Wolfpack反過來壓低身體，抓住大地，從踢來的β下方穿了過去。

——它想做什麼？

在Wolfpack背後的Torwächter β換成跳上岩山，「咚」地噴出逆圓錐狀的岩石碎片，把那裡破壞得亂七八糟——這傢伙……

〈別鬧了！〉真理呲牙裂嘴地大吼。

——呃！一陣痛楚襲來。

這傢伙以他的身體胡亂大鬧，難道是控制不住嗎？

〈好厲害！〉——快住手，把身體還給我——

〈你呼喚過好幾次我的力量吧。〉——什麼？——

〈當時你身旁有限制我的存在——現在總算自由了。〉

——那時我曾跟誰在一起？——

除了這個赤色之風的女孩之外？

腦海中忽然浮現勾勒出纖細弧度的深藍色，卻同樣在思考連同身體一起晃動後消失了。

〈這具身體真厲害！能超越只是一直打著節拍的我的想像而活動！〉

見揮著巨大弓形物體衝來的Torwächter β縱身一躍，從真理的Wolfpack身旁離開的絕對領域獸群先是散開，接著從下方衝了過去，維持若即若離的距離玩弄對手。從β背上伸出的背板——經

由黃泉比良坂地表，與彷彿巨樹樹根般的大型轉移結構連接的那樣存在——如今因為β的跳躍而從轉移面裡被扯出，變成像是一條寬長尾巴的形狀。

真理沒有放過掠過Wolfpack身旁的那條尾巴。

「咚！」她扭身將咬著的朗基努斯刺向從地面下竄出的尾巴。

伸長的背板尾巴像是被槍釘在地面上，瞬間「啪」地粉碎了。

景況猶如中空的3D材質貼圖從內部炸開般爆炸四散，背板斷裂處湧出液體般的黑煙。當她接觸到……

——什麼？

來路不明的衝擊將Wolfpack的灰色龐大身軀給打飛了。

某種壓倒性的存在之力。

從地面長出並被扯斷的尾巴倏地消失。伴隨那道煙融入星空的黑暗，真理覺得自己望見了背負著發光圓形細環的巨大黑影。

雖然她是第一次看到……

〈那是黑色巨人……代號——阿爾瑪洛斯嗎……？〉

重整態勢的Wolfpack所見到的，是從黃泉比良坂受到太陽直射的耀眼地面上，重新「唻溜」

地長出的光滑黑影。

那條新尾巴再一次連上β被扯斷的背板。不過判斷這是個好機會的領域獸群們，早已一齊飛撲而上了。

Torwächter β將大弓刺入地面，握住Wolfpack被打飛而遺留在地上的朗基努斯之槍，旋即扭動上半身大幅揮出。畫出圓弧的紅色雙頭槍尖，擊中了試圖從背後襲擊的一頭領域之獸。

把化為粒子而即將消失的領域之獸刺在槍尖上——「咚！」Torwächter將朗基努斯的石突立上岩石大地。領域之獸噴出鮮紅血液，在真空下於長槍與淋到鮮血的Torwächter的影子上，漸漸凝結為閃亮的紅色晶體。

〈野獸啊、蛇啊，要服從於人。〉

Torwächter β以真嗣的聲音喊道。看得出來它的興奮已達顛峰。

■地下實驗

科學部與技術部齊心協力，正打算將超級ＥＶＡ遺留下來的ＱＲ紋章降下至舊中央核心區

——那個位處地下，莉莉斯的時間停滯球被封印而後消失的石棺半球體空間。好幾根樁子與固定

器呈環狀打入該處因為停滯球消失而被剜出圓形坑洞的地面底部作為地基，高速搬運列車的修補軌道則一步步地拼成漂亮的正圓形。

內側貼滿感測器的巨大水槽在裝滿超純水後擺放於圓形中央。這個水槽仍保持著之前用來偵測筑波發出的加速粒子時的狀態，不過這次是要將夾在搬送框架上運來的ＱＲ紋章吊著沉入水槽的水中。

緊接著降下至封印空間裡的，則是被橙色條紋的機械臂抓著的巨人尺寸白杖。這是Ｓ　ＥＶＡ從新地島作戰中帶回的天使載體杖狀武器。

『我打算試著用它製造真嗣與特洛瓦所看到的密閉空間金字塔，藉此實驗ＱＲ紋章的活性化。就算陷入了什麼異常狀態，反正包含ＥＶＡ在內，很幸運地這裡現在會被它附身的巨人一架都沒有——』

摩耶看似仍感尷尬而隔著通訊視窗別開臉。她所指的是出現在新地島上的其中四架天使載體，以杖子構成的四角錐空間結界。

位於指揮所的美里大喊：「等等！」隨即立刻壓低聲量，為了不讓轉頭看來的冬月發現而把臉湊近手邊的通訊顯示器，低聲說下去。

「……要是在這裡引發巴別塔大災變（相互認知能力下降現象）可受不了喔。」

先前那個空間結界發生之際，內部的ＱＲ紋章異常活性化。滲透到結界內的載體不但身軀巨大化，能力也大幅提升，使他們被迫陷入苦戰。結界外側則反過來發生了從人類的對話、光電子回路內的訊號，乃至能量傳達的傳導不全現象，導致俄歐聯合軍陷入大混亂。

「所以才在大深度進行。」之前的報告看了嗎？摩耶問道。

「尺寸侷限在縮尺版金字塔的範圍內——新地島的時候也是，相對於地表的認知能力下降，對上空（巡邏機）的影響卻很有限。」

這的確是事實。「值得注意的是，人類在空間內的交流溝通變得順暢到不需要通訊系統這件事。」摩耶如是說。

美里並非有意為難，而是她作為負責人，必須尋找能否決的地方——

「咦？」隔著顯示器的通訊視窗，她舉起手掌，做出「稍等一下」的手勢。

因為她覺得這件事的大前提似乎有點奇怪。

——對了。

「杖子只有一根耶，沒辦法構成四角錐吧。」

『是啊。』摩耶聳了聳肩。

她從鏡頭前退開，將繞著後方水槽的環狀軌道展現給美里看。

『我想構成圓錐形。』

咦？將底面從四角形換成圓形……？

「也就是要讓杖子在圓周軌道上繞行嗎？」

『是的。』

儘管建造得十萬火急，但所做的事情，構想其實就像是小學生的勞作。

『妳剛剛傻眼了對吧？小姐。』

穿著防護衣從畫面旁探頭切入的聲音來自青葉的恩師，看來這個實驗似乎是他的提案。

『畢竟重現金字塔的結果要是超出我方的假定，各方面都會很傷腦筋呢。』

總覺得有些可笑。

大弓發射造成的激烈衝擊波重創了地面上的市區與山野。在連受災全貌都尚未查清的此時此刻，自身組織的科學部技術部兼任主任居然偕同一群學者挖走稀少的資材，拋開地上的救援與復興活動，將宛如鐵道迷晚年夢想般的一比一環狀鐵路，鋪設在地底下的缽狀底部玩耍——看起來總有這種感覺。

「事到如今，到底要拿這種局部實驗來做什麼啊？」

『尋找嘍。』

「找什麼？」

『找什麼？當然是超級ＥＶＡ啊。』

——咦？美里一時語塞。然而待在畫面上副教授身旁的摩耶並未轉頭看來，只是逕自點頭同意。美里滿臉寫著「什麼？」的表情。

『人類的存在因為鹽柱化而完蛋的情況我看得可多了，所以能理解這種衝擊過於強烈，令人覺得這就等同於死亡的心情。不過碇真嗣可是EVA哦，就算變成鹽巴，情況也不會一樣吧。』

『真嗣曾說過他被心臟呼喚了。』摩耶插話道。

『趁著物理性的「緣」尚未切斷，我們打算利用巴別塔效果那不講理的相互認知能力強化，在SEVA消失的此處追尋「足跡」。』

「——為什麼不先這麼說？」

『因為我是科學家，不想說出無法預測的事情。實驗結果將會知道真嗣是怎麼消滅的——說不定就只有這樣而已。』

不斷嘗試研磨著軌道的切削作業車被卸下來了。

看著將軌道的應變扭曲以數百倍強調而出的鋸齒狀圖表，青葉的恩師粗魯地表示。

「好歹也算是弄平滑了，就算再弄下去也沒用嘍，小姐。反正繞行之後都會彎曲嘛。」

「的確呢。」耳邊響起「嗶——」的警報。

「開始吧。全員撤離！」

得到摩耶的許可，年過半百的副教授向工作人員們發出通電的警告。

觀測班前往設置在環狀線內兼作觀測站的避難所。營建人員撤離現場，搭著搬運升降機升往地面。由於那個空間展開時，跟指揮所斷絕聯繫的可能性很大，因此司令部派出冬二來見證觀測。

摩耶向打算離開的水里副教授問道。

「老師，你要去哪裡？」

儘管論學位是摩耶比較高，不過她被一直「老師、老師」喊著的青葉影響了。

「哼。就我所知，在這個空間內——」

水里副教授知道摩耶討厭自己，特意向她露出下流的笑容。

「心裡的想法會比話語更快地傳達出去吧？我可沒辦法跟有潔癖的人在這麼危險的地方待在一塊啊。」

「什……！」先不論知識量，摩耶對這種程度的揶揄實在無法等閒視之。

為他這句話而暗自心驚的數名男性工作人員，也匆匆忙忙地轉身跟著副教授離開了。

軌道以將近九十度的角度平放設置。像是掛在上頭般搭在軌道上的電動車，在運轉後會藉由離心力將自身壓在軌道上，在封閉的曲線內側前進。

裝在車上的杖子角度對應環狀線的假想中心軸是傾斜的，杖子前端對準了ＱＲ紋章上方的某個點，該處會成為假想圓錐的頂點。

「啟動。」

摩耶低聲發出號令。環狀線是透過大質量旋轉產生慣性波，以避免裝著載體杖子的動力車脫軌。兩輛動力車搭載著質量等同於杖子的壓艙物先行，以等間距開始緩慢地駛動起來。

## ■十字線的對面

0・0EVA（特洛瓦機）以機體右側的巨大伽馬射線雷射砲，瞄準低軌道上9萬公里外的遠方。

那裡有著自黃泉比良坂飛散的微粒子雲，從那塊剝離大地朝著此處逼近。然而由於距離太過遙遠，一點看到的實感都沒有。

或許是在旋轉吧？其中有著緩緩閃爍的小小光線反射，在閃了一下後消失無蹤。

〈主力砲第7次射擊結束／目標質量的三分之二氣體化成功／殘存質量除微塵外分解成一萬五千八百九十二塊碎片／分解碎片最大直徑為二分之一m，要追蹤瞄準嗎？〉

「不用……」對顯示器上顯示的ＡＩ射擊評估喃喃自語後，零No.特洛瓦便開始著手準備擊碎第八塊大岩石。

「將焦點移動到下一個目標。」

默默工作時，她給人的印象並非最近表情漸漸豐富起來的No.特洛瓦，而是3年前的綾波。

原版的朗基努斯之槍開始橫越眼前的宇宙。

宛如蜘蛛絲般發光的那把槍再度伸長，現在是十一萬四千km。高度兩萬公里的軌道圓周是十五萬七千km，因此它已達軌道圓周的三分之二，只要補上剩下的三分之一便會成為一個完整的環。

——在那不遠的未來……

AI選定了下一個目標碎片，然而清單已經滿了。警告閃爍著，〈目標眾多／目標過量〉的顯示怎樣都消不掉。

沒錯，問題實在太多了。消瘦的地球、膨脹接近的月球、剝離大地、朗基努斯環。眼下即使排除敵性巨人的存在，這些依舊全是難以解決的問題，不是嗎？

會持續到什麼時候？能持續到什麼時候？

〈目標管理程序發生變更／黃泉比良坂上產生新的光點／尺寸為AA級／預測軌道是——〉

——AA級的話，直徑超過2km。

難道是一部分剝離大地缺損分離了嗎？……看來它早晚會成為目標……雖然還很遠……

——？特洛瓦抬起頭。她因為AI中斷報告而陷入了短暫沉思。

〈無法計算軌道／並非剛體自由運動／以推進或是經由力場——〉

「——！將對象放大！」

「砰！」燃氣噴流聲響起，０・０ＥＶＡ將頭轉往雷射砲對準的方向，隨即以頭部上最大的鏡頭凝視問題地點。由於以特洛瓦的位置看去，黃泉比良坂位處太陽方向上，礙於強光而模糊的影像接連被套上濾鏡。

——月球上沒有這麼大的人工機動體。

影像是被放大了沒錯。不過令人驚訝的是即使相距遙遠，被攝物的輪廓依舊無比清晰。能看到彷彿奇妙的細胞生物把手張開的影子。

她對它有印象——那是薩哈魁爾！

「呼叫NERV JPN／箱根ＣＰ，『閃急』。」

她在通訊上加註這個「特別緊急」的標籤後繼續說道。

「在黃泉比良坂上發現了疑似舊第十使徒的剪影活動。」

與此同時，伴隨「叮咚♪」響起的訊息提示音，ＥＶＡ之間的雙向數據鏈路視窗開啟。

「咦？」

特洛瓦對此訝異萬分。但更讓她驚訝的是虛擬３Ｄ地圖的縮尺位數不斷增加，變成簡略化的線框旋轉起來，最終與眼前的宇宙全景重疊。接著——

「！」

只見從月球飛來的巨大剝離岩盤黃泉比良坂上，亮起了一個圖示。

〈特徵訊息／F型零號Allegorica〉

「希絲？」

在剝離岩盤上被薩哈魁爾載體追著到處亂跑的希絲忍不住大叫：『哇～！』成了特洛瓦最先聽到的回應。

看來小不點又握住握把上的通訊鍵了。

# #4 多重幻想

## ■進行天動的舞台

特洛瓦反射性地做出反應，讓0．0EVA恢復射擊姿勢，僅僅花費二、三秒就讓軌道裝備的龐大身軀精密地穩定下來。

寬長的伽馬射線雷射砲砲管瞄準位於一〇萬km外，月球剝離大地黃泉比良坂上的使徒薩哈魁爾。姑且不論拋物線運動物體，要在這種距離下瞄準自由運動的目標是件相當困難的事。注意到這點後，她便關閉FCS（射控系統）的瞄準支援，賭上一把預測其未來位置——

「希絲，停下來！——現在！」

使徒薩哈魁爾為了抓住希絲而伸出單翼超過一〇〇〇公尺的手臂。而具有二一〇〇吉瓦的伽馬射線雷射聚焦在超長距離上，跨越光速三分之一秒的距離，在其手臂中心處——天使載體的背後——製造出一顆新的太陽。

「特洛瓦？——好燙！」

儘管F型零號Allegorica離雷射攻擊的焦點有一km之遠，拘束裝甲複合材料中的金屬卻遭受產生的電漿爆炸餘波波及，導致全身竄起火花。

命中焦點稍微偏離載體中心，不過載體的右半身蒸發了。

載體肩部的QR紋章被燒毀。朝希絲伸出的手在失去根部後，便宛如暴風雨天的雲層，自F型零號Allegorica的頭上飛越而去。「嗚呀！」

箱根NERV JPN的指揮所騷動起來。黃泉比良坂在質量減半後不會撞向地球，而是會回歸月球的軌道預測成立，外加得知發現下落不明的希絲，使眾人的情緒高漲，不過是片刻前的事——

「呃，這是什麼……」

美里之所以驚訝，是因為追加了希絲機AI傳來的資料後，在擴大的黃泉比良坂未觀測地圖上除了零No.希絲的F型零號Allegorica，另有大量貴賓被圖示標出。

Torwächter α1——明日香EVA整合體，以及持有超級EVA心臟的Torwächter β。

甚至連真嗣從「蘋果核」上投回的朗基努斯複製品都在那裡。似乎也有著好幾架天使載體。

「為什麼連美國的EVA都在宇宙、在黃泉比良坂上啊！那裡在舉辦什麼活動嗎？」

美里的感受超脫愕然，來到傻眼。冬月以收集到的資料幫忙解釋。

「US EVA（Wolfpack）在這之前登陸挪威，以模擬心跳聲呼喚出Torwächter α與Torwächter β的過程曾遭人目擊。Torwächter「門衛」在開門後，把Wolfpack給拖進去了。」

「我們家的走失兒童看起來非常有精神呢。」

一說出這種話，無論如何都會想起已經消失的真嗣。小不點希絲承受得了這個狀況嗎？

目前顯示出來的是零No.希絲在戰鬥下心跳加速，因為集中精神而漸漸感到疲憊的身體狀態。眾人在她下落不明後早已做好最壞覺悟，即使是高昂波動的微小生命徵象，此刻看起來依舊可靠。

「氧氣……不只呢。根據目前的損耗率計算維生極限的時間。」

美里向操作員發出指示。

「將US EVA(Wolfpack)的所在位置透過軌道上的特洛瓦機告知NERV USA。順便打聽一下那架美製的地面兵器能在宇宙環境下活動多久、駕駛員能生存多久吧。」

由於地上沒人命令綾波No.特洛瓦這麼做，感到焦急的她於是從軌道上的0・0EVA自行提出這個要求。

「箱根指揮所，請求允許讓0・0EVA脫離軌道。」

她想前往搜尋中的No.希絲身旁，趕赴正處於戰鬥的黃泉比良坂。

0・0EVA以FSB(主推進器)連續發射超小型$N^2$炸彈——會引發$N^2$崩解的小球——產生爆炸，藉由像裙子般展開的絕對領域自由地進行噴氣操縱，從地面將三〇〇〇噸級的龐大身軀推送到這個低軌道上。

這是除了Allegorica組件等純力場的推進外，具備最大動力的反衝推進器，實際上就連飛到過去仍很遙遠的月球上也沒問題。然而……

『不准。』

她卻得到冷淡的無情答覆。

『0．0EVA維持在目前的軌道上，繼續負責飛來碎片的狙擊任務。』

「……」

特洛瓦套在試製品黑紅戰鬥服裡的雙腳冷靜不下來似的相互磨蹭。

它本來是為了明日香而準備，剛剛完成的特殊型號。

這套穿戴裝置是為了讓與EVA融合的她恢復成人類的「人格打撈計畫」準備的。劍介託付給美里金屬片奧利哈鋼——儘管科學部表示只能分析出一般鉛片——他們於是將這塊金屬片作為細纖維，在合成皮革層中編織出人形。

透過這件附身之物，應該能讓明日香取回人類姿態。儘管有種咒術般的感覺，實際上卻與電磁波會以高效率落在波長相同的天線上十分類似。人會被人的形狀給吸引。任誰都有過把無意義的形狀看成人的經驗吧。他們打算最大限度地利用這種特性，從混合情報當中濾出明日香的性狀情報，經由過濾器構成容器——理應如此，她卻在成為敵對存在後行蹤不明。結果什麼都無法確認，試製品戰鬥服的效果也依舊不明。

精神汙染的屏蔽率具有隨汙染程度變化的有趣特性，戰鬥服頂峰時的性能規格似乎在現行型號之上，這次特洛瓦會穿著它也是兼作實用試驗。

——對了，黃泉比良坂上有著Torwächter α1，明日香也在那裡。

## ■向陽側私鬥

0・0EVA的狙擊自遠方地球由低軌道射來。再怎麼保守評估，薩哈魁爾載體在過於寬長的單手被轟掉後，平衡都很差。果不其然地，飛行姿勢失衡的它撞擊在岩石大地上。

由於其剩下的單翼依舊是超過一千m的寬長存在，墜落後揚起的大量砂土並非呈拋物線，而是以一整面逆圓錐狀噴發。

儘管想等砂土平靜後給它最後一擊，然而因為丟失了其他載體的位置，為了避免意外的遭遇戰，希絲機藏身在地面的大型裂縫裡。

「貓耳朵！真理，妳還活著嗎？」

她呼叫著體型與小不點希絲差不多，受到基因多重加工的影響而出現動物耳朵外型的US EVA駕駛員。不過礙於伽馬射線雷射的砲擊，電波環境變得更加惡劣。真理的位置依舊不明，通訊也沒有恢復。

相對於希絲與天使載體在剝離大地黃泉比良坂的地球側，真理的US EVA(Wolfpack)則位處相反的向陽側，與α、β兩架Torwächter交戰當中。

——真嗣……後來增加的真嗣味道減弱了……難道正在溶解嗎？

來到這裡後，至今動作總是很有效率的Torwächter突然失常。儘管真理無從得知這其實是緊接在超級EVA於箱根化為鹽巴崩塌後的事，卻有些敏感過度地以動物性的鼻子聞著。不只是與β一同離去的心臟真嗣，就連並肩作戰過的真嗣氣息突然從β身上傳來這點，她都在這個真空世界裡聞出來了。不過這個奇妙的雙重存在行跡詭異，為了施展所獲得的力量而失去協調性，變得無法跟α1配合行動。

真理的目的始終是Torwächter α1(明日香EVA整合體)。

倘若想避開這個礙事的假真嗣，狩獵明日香，非得趁現在不可。

US EVA(Wolfpack)將意志傳達給其率領的絕對領域獸群。

令人驚訝的是，這群野獸即使離開一定距離也能自主行動。儘管真理堅稱提供DNA的動物內化於ＥＶＡ之論點遭到US NERV否定，就眼前的情況來看卻會讓人覺得是正確的。約二十道影子狀似空間扭曲，以迷惑目標的靈巧動作一齊湧向揮舞著朗基努斯的Torwächter β。

無數飛鳥橫越霧中。想不起自身名字的他，被自己的心臟奪走身體自由。

閃電之蛇未曾放棄襲擊，分裂成將近二十道分身進逼。儘管他十分擔心自己是否能以這種狀態守護住身後穿著赤色之風的女孩……

〈我自由了！〉

心臟得意揚揚地以他的身體揮舞長槍。

——等等！不能離開她身邊！

他的心臟先是斷言「從現在開始將成為你的一切」，隨即宛如要發洩心中的鬱悶，粗暴地控制著他的身體謳歌自由，以大動作刺向蛇群！

雖然沒有刺中襲來的大蛇分身，這一刺卻轟掉一座廣大沙洲。奪走他身體的心臟驚喜地往上揮出長槍，將水面劈成兩半。

〈好厲害，好厲害啊！〉

一面聽著聲音與自己相同的歡呼，反之就連視野也轉暗的他開口問道。

——變成我之後，你打算做什麼？

〈我想想——要是現在就能拋開一切，無拘無束了呢。〉

——等等！快去保護那個紅色女孩！

〈就連這也——已經……〉

Torwächter β追著從Wolfpack身上分出的獸群，衝了出去。

## ■訪客

同樣位於黃泉比良坂上，旁觀者正待在向陽側的岩山背後。潛伏的巨人是前0．0EVA一號機的EVA變異體。機體裡有著被SEELE吞噬意識的加持良治容器，以及操縱巨人的零No.卡特爾。

「真慘……」加持喃喃說道。

即使Torwächter β持有必殺武器朗基努斯之槍，大動作依舊破綻百出。數頭野獸在槍的攻擊範圍邊緣玩弄β，β也幾乎將注意力耗費在上頭，導致護盾變得薄弱不堪。不費吹灰之力貼到它身旁的絕對領域獸群趁著空隙，以爪子撕裂護盾與它的腹部。

金光自激烈跳動的胸口心臟灑落，照亮從β腹部大量湧出的鮮血。

「喔，這不是有實體了嗎？——真讓人驚訝啊，真嗣……源堂的兒子似乎搞錯了力量的流向，來到這裡嘍。」

「這是什麼意思？雖然那個黑色使者的心臟的確是從超級ＥＶＡ身上搶來的……」

「沒錯，超級ＥＶＡ就算被搶走心臟也不死心，從被帶走的心臟上喚來了力量；這次則反過來被心臟呼喚了。看來他沒辦法抵抗呢。」

「那現在的超級ＥＶＡ……」

「已經是空殼了吧。」

他看似懷念地淺淺笑起。

「他究竟有沒有注意到呢？搶先我一步奪走的朗基努斯複製品現在就握在他的手裡……他的努力似乎到此為止了。看吧，他馬上就會消失嘍。」

聽到加持的容器這麼說，No.卡特爾變了臉色。

「為什麼？分開的事物要是恢復成一體……」

「畢竟心臟那邊仍保留著自我嘛，所以他們正在內部相互摧殘……不，應該說是他被心臟單方面地吞噬了——那個心臟遺忘了自身職責，一如妳所看到的。」

「怦咚！怦咚！」即使隔著真空，依舊能感受到那顆心臟的躍動。它卻早已化為激烈徒響，眼看就像是快要爆發而出，「咕嚕咕嚕」地溢散著金光。

這個動力設備本是初號機的$S^2$機關，是殘留於初號機中的唯在即將離開這個宇宙之際，開啟的高次元之窗。

與它在新地島被逼得差點崩解爆炸時十分相似。

「我們就隔著『鳥之空』觀望吧。源堂的兒子馬上便會倒下，連同存在一起。」

## ■真理

真理不想被旁人妨礙接下來要做的事，讓族群兵分二路是一種佯動。她的Wolfpack朝著另一架巨人——有著優美女性外型的Torwächter α1發動攻擊。

——太棒了……明日香，妳是怎樣獲得那個姿態的？我的族群完全比不上圍繞在妳身旁的個性數量呢！

α１——明日香ＥＶＡ整合體毫不遲疑地拋開方才對族群有效的旋轉投擲錘，或許是判斷它不利於對付獨自殺來的Wolfpack吧。

α１在雙肩前方朝自己張開空出的雙手，手掌上隨即產生竄著電光的黑色相空間球，那是Ｆ型裝備的衝擊閃電。假如武器是根據記憶創造而出的，會是根據ＥＶＡ，抑或是明日香的記憶？

停在手掌上的黑球轟出激烈雷擊，撲來的四腳獸Wolfpack也從圍在腰際的電光環上——並非射出加粒子砲——以電力形式劈出閃電。彼此的雷光鞭相斥，在雙方之間劇烈炸開。

衝過來的兩架巨大質量隨後互換位置。

——我……每當一種動物基因編入體內，身為人類時的記憶就會從我身上逐漸淡去。我連爸爸、媽媽的臉都想不起來，無法區分他們的存在……連應該很重要的約定都忘卻，變得不再重要……除了進入我當中的靈魂們，我早已失去能確切掌握的事物，此外的一切全都模糊不清——守護這個族群成了我的一切！所以明日香，我想變得像妳一樣！

當真理向Torwächter $\alpha$1發出好長好長的嚎叫代替話語之際，那陣「鳥之風」在這塊數百km，連大氣也沒有的岩棚上再度吹起。白霧中朝月球方向飛去的鳥群對側，在本來$\alpha$ 1所佇立的位置上，能望見一名赤腳女性纏繞著捲起的赤色之風站在那裡。

儘管在北非抖落了大部分生命情報，它們卻仍殘留在明日香與貳號機上的方舟。一片片風的赤色花瓣，都是真理所憧憬的巨大「族群」之姿。

太陽微微傾斜。黃泉比良坂承載著他們，滑向掠過地球的軌道路徑。

而在稍微遠離之處，Torwächter $\beta$與包圍自己的絕對領域之獸一起奔馳在低重力的大地上。真理放出的領域獸群完全引開了$\beta$。方才失去一頭後，眼下族群的行動變得更具組織性。儘管持

有必殺之槍，β依舊被力量擺弄得胡亂揮舞攻擊，連對手的邊都摸不到。

然而失誤發生了。

雖然動物絕對不會疏忽測量人類手中的武器長度，有時卻仍會誤判從身體後方看不見的位置刺來的攻擊。那頭絕對領域之獸沒能避開Torwächter β偶然非從背後，而是筆直刺出的朗基努斯之槍。

「咚！」幻影般的獸影被那把紅槍獨特的雙頭槍尖刺穿，朝星空高舉，隨即在雙頭槍尖間的某處收縮成一個光點，伴隨耀眼光芒爆炸四散。

以放射狀飛濺的血雨「啪」地噴打在岩石大地與Torwächter β的黑色身軀上，接著便因為減壓冷卻，在真空中瞬間化為紅色霧　的血霧。

即使身處新地島的混戰，真理的「族群」也未曾減少，畢竟那個家族的型態並非物理存在。然而朗基努斯就連這種存在也能奪走其「性命」。

它宛如勝券在握般地向上刺出長槍。

〈先回歸方舟吧——一切生命皆會在那裡匯流——從那裡再度開始。〉

能聽到高昂的真嗣嗓音代替黑色使者如此說道。

「嗚嚕嚕嚕！」

「族群」裡一個個性的死亡作為劇痛傳達給真理，擾亂了Wolfpack再度撲向Torwächter α1的舉動。

明日香並未放過這個機會。待真理強化過領域的銳利前爪自一旁揮空，她便將雙手的衝擊閃電球壓在止不住勢頭衝來的Wolfpack伸直的背上，激烈灼燒著。

「呀啊！」

——儘管如此！真理依舊沒有放棄。

Wolfpack先是使勁轉頭，接著猛然張嘴，鑽過Torwächter α1燒灼自己的雙手，咬向她的脖子，α1連忙閃避。儘管沒被咬到脖子，Wolfpack那長滿尖牙的強力下顎卻深深咬住她的肩頭。為了阻止尖牙繼續侵入，α1的領域激烈地閃爍，從跟尖牙拉鋸不下的接觸面上噴出猛烈火花。

猛獸與女性外形的兩架巨像就這樣相互糾纏，α1的背部倒在岩盤大地上，總計超過六○○○噸的質量在低重力下彈起。趕在被甩開之前，Wolfpack的尖牙從領域上方咬破α1的表面組織，「咚」地深深陷入血肉之中，甚至咬碎了骨頭。

α1——明日香EVA整合體突然仰天開口。叫聲並非發自她的口中，而是激烈振動的重力子排列在有如長髮般於其背後伸長的漂浮槽，發出如同尖銳擬聲吟唱般的波動。同時——

砰！

伴隨開門般的衝擊，α1的機體上溢出大量紅色粒子，遭到Wolfpack機體吸收。

「叫聲」響徹大地，真理開始掠奪在明日香當中旋繞的無數生命情報。她打從一開始就打算這麼做了。在捕食後取得她的力量——藉由捕食獲取對方的能力，是最為原始的標準做法。而想都不用想這會導致怎樣的結果。

受到新地島時的巴別塔效果影響，軀體早已看似異常發達的Wolfpack機體因為捕食過量的生命情報而更加脹大，無法承受負荷的四腳獸型拘束裝甲碎裂彈開，或變形扭曲。

——哇啊！

身體違反自身意識，熱衷於與附近的敵人交戰，未能防止事態發生。

他狀似游泳地抓起腳邊的石頭，傾盡渾身之力丟向咬住她的閃電之蛇。

——為什麼沒能保護她！

不，應該說是為什麼不去保護她！

黑色紡錘狀物體飛來。

從護盾上橫向擊中Wolfpack腹部的巨大質量，是Torwächter β旋轉起來的投擲錘。被打飛的Wolfpack像貓一樣扭身，「嘎吱嘎吱」地摩擦著浮游大地落地。

「咕嚕嚕嚕！」在夙願實現之前遭到妨礙的真理，本身也因為吸收了過剩的情報，逐漸更加獸人化，露出尖牙低嚎著。

暴烈湧向身上的生命數量明明正摧毀著她自己，感覺卻很舒服。自身的質變怎樣都無所謂，因為她也會溶入成為「族群」的一部分。

真理背後傳來「嗶～！嗶～！」的警報聲。

Wolfpack內部唯一的監測機器人發出警告。原本為了配合ＥＶＡ而反覆編入動物基因，變得不穩定的真理，如今已無法再維持人類的形態。

他怒罵著「自己」。

——你要去哪裡！快去保護她！你不是打算取代我嗎？

聽到這句斥罵，心臟甚感意外似的回道。

〈都得到這麼強大的力量與自由了，為什麼還想受到束縛？沒必要吧。〉

——你說什麼？

他有些吃驚。他實在無法討厭從自己身上被挖走後以相同名字自稱的心臟，彼此的想法照理說也會很相似才對。然而……

——你在說什麼……朋友才不是束縛……

〈你才是莫名其妙呢。我已經沒必要再跟任何事物扯上關係了吧？〉

哪怕並非負面，而是正面的關係也一樣——他對此感到毛骨悚然。不是針對心臟，而是對「自己擁有視情況說不定也會說出相同話語的人格」這個事實。

——開、開什麼玩笑……！

憤怒超越心臟的支配。他再度撿起石頭，擲向不放棄襲擊倒地女孩的大蛇，接著反抗想阻止自己的力量，朝她跑去。

Torwächter β以朗基努斯驅散圍繞在身旁奔馳的絕對領域之獸，一面扭轉上半身，以單手大動作旋轉著連在投擲錘上的吊索。

正當Wolfpack為了再度接近被迫分開的α１而重新站起之際，繞了一圈的投擲錘砸來，變貌的半獸半機ＥＶＡ於是迅速跳開，背對月亮再度躍上天際。

■私語之紅

「——好痛……究竟是怎麼了？」

右肩感到劇痛無比。

她微微睜開眼，望見單色調的大地、漆黑的星空、耀眼的太陽。在她看來，這裡似乎是月世界。

——對了……我在月面上……在武裝偵察月面途中……怎麼了——……！

總覺得作了場相當漫長的夢。是回到地球上的夢嗎？

「我居然會想家？——為什麼周圍這麼吵啊……？」

注意到這是從自己湧出的嘈雜聲，她嚇了一跳。無數存在壓在她身上，感覺好噁心。

眼前突然闖進一道黑影，背對自己站著。

「真嗣！」

——！我剛剛說了什麼？……真嗣？

儘管非常不規律，但那是她曾經聽過的超級ＥＶＡ心跳聲。

在被她喚作「真嗣」的黑色背影對面，灰色野獸率領著影子般的獸群襲來。

唯獨此時，自己周圍的無數聲音齊聲說道。

〈那是敵人，會吃掉「我」的！〉

她知道這並非謊言，因為是「自己」的聲音。肩膀就是被那傢伙咬傷的。

——好痛……！好痛……！好痛……！——

對此反應過來的她，痛得一面向右傾，一面搖搖晃晃地站起。

簡直莫名其妙。〈但我是知道的。〉

這是什麼狀況啊……〈一直都在看著。〉

「——真嗣……」

所以，她喊出了那個名字。

「……真嗣——真嗣！笨蛋真嗣！」

感覺很久沒有像這樣叫他了。

身體彷彿不是自己的，有種跟一大群人在洞底一起仰望天空似的奇妙感受。

但她久違地取得了些許主觀與主體，感受到劇痛與嚴重的疲勞——況且還有種後頸被黑暗抓住般的討厭感覺。而被來路不明的敵人襲擊的這瞬間，能以自己的意思喊叫出聲，也同樣讓她興奮難耐。她再度問向那個背影。

「真嗣！你難道忘了我嗎？」

〈不准聽那個名字！〉心臟慌張叫道。

——我知道那個名字。

像是要擋下再度襲來的蛇群般，他闖入女孩與蛇群間。此時，赤色之風的她從背後伸手碰觸他的背，呼喚著那個名字。

——她在呼喚……〈被呼喚的才不是你。〉

——那個名字……〈那不是你的，是我的名字。〉

——對了……那女孩的名字我也——〈是我的東西！〉

——閉嘴……——記得是明……明——〈不准想起來！〉

優柔寡斷又只會耍嘴皮，你完全就是個我呢。

他把換到慣用手的槍舉至肩上，似乎理解了什麼。

另一個自己試圖由只是讓心臟跳動的狀態取得肉體，獲得解放——另一個自己認為一切都是束縛——想遠離這一切……

——想不起來的是你呢……〈……〉

——因為你捨棄了——捨棄自己，甚至捨棄朋友的名字——

他後仰身體，自後方用力揮展手臂。

——捨棄一切後，你成為了誰？

他筆直伸出手臂。傾盡全力投出的長槍，朝著蛇群飛去。

接著，心臟陷入沉默。

朦朧轉暗的世界明亮了起來，滿是飛鳥振翅。他總算能唸出自己的名字——碇真嗣——

「沒錯，那就是你的名字呢。」

突然出現的第三者嗓音如此表示。想必他遲早會想起，無論在何處都會出現的聲音主人便是薰，現在卻「咦？」看似無法理解地轉頭張望。

轉頭的真嗣就這樣被抓住胸口，扯了下去。

眼前是那名呼喚自己名字的女孩臉龐。儘管受到嚴重咬傷，包覆她的花瓣也被奪走了一半以上，模樣變得令人心痛無比，她卻仍露出勝券在握的表情，以雙手抓住他的胸口。

「居然敢把我忘了，你以為自己是誰啊？」

「真嗣」看似還想不起她名字之後的發音，就這樣被她抓著，可憐地畏縮了起來。儘管如此，依舊滿懷自信的她不改臉上的可怕笑容，這麼斷言。

「即使這個世界全都如你所願，變成和平之地，也只有我會作為唯一不如你所願的現實，深愛著你唷。」

遭這句話嚇呆的真嗣被她強行扯去，啃咬般地吻住——

緊接著便被推開了。

以面帶笑容的她為中心，一切背景隨即遠去，遭到橫越而過的無數飛鳥轉瞬間擋住，再也看不見。

「明日香……！」他忍不住叫了出來。

「太慢了！三十八分。」在鳥之風裡漸漸遠去的聲音，宣判他不及格。

而巨大化的US EVA（Wolfpack）避開Torwächter β投出的朗基努斯之槍後衝來，身後是受創的Torwächter α1（明日香EVA整合體）。

「好、好熱……！」

自己的胸口「轟轟」地響起猶如瀑布流瀉的聲音。中央三角宛如沸騰高爐般，從縫隙間朝星空噴出閃耀金光的火焰。

心臟沒有跳動，狀況比之前在新地島上差點破裂時還要惡劣。

完全恢復成超級ＥＶＡ——當時初號機$S^2$機關被唯與真嗣開啟後，絲毫無法控制的狂亂特異點模樣。

「不是什麼好現象啊。」

他——碇真嗣將取回的心臟納於胸口，以Torwächter的模樣站在單色調的星球上，黑色的巨大手掌緊握投擲錘的吊索。

## ■相位斷層

以雜訊來說很奇怪——美里注意到了這點。特洛瓦機傳來的最大望遠影像顯示在指揮所的主顯示器上，儘管不到薩哈魁爾的手臂程度，但勉強能判別出是ＥＶＡ尺寸的物體——不過……

「請關掉影像上的通訊時差動作補正。」

因為巨人們的身影不時會從黃泉比良坂上斷斷續續地突然消失。

倘若在電波的時間延遲中自動預測動體的未來位置，便會跟實際移動後的影像出現誤差。美里原以為這是在影像上進行CG修正的結果。

「不，這個影像並沒有進行加工——哇！」

露出奇妙表情回答的日向看見了。這次是數秒間，黃泉比良坂上看起來宛若無人一般，緊接著巨人們的身影便回來了。

是故障嗎？但又是怎樣的故障？

指揮所掃描了身為影像傳輸來源的特洛瓦心理狀態，以及0・0EVA的視覺數據日誌。他們懷疑特洛瓦可能是將希絲機與天使載體等自身願望投影在視覺上。

「她沒問題。」日向報告了結果。

消失的舞台演員是真的在短時間內從黃泉比良坂上消失了。

思索片刻後，日向做了個推測。

「該不會有規模龐大的相空間在黃泉比良坂上產生，或是橫越過去……」

「只有巨人看起來消失了，為什麼？」

「因為絕對領域，也就是已經具備相位差。」

「所以只要不成為反相，空間斷絕就會很明顯嗎？」

實際上突然消失之際，消失的希絲他們看到的是那個飛鳥空間。

根據她的直覺，只有鳥會直接前往成為下一個新世界的月球，牠們正在路途上。儘管這樣的見解相當有趣，但結論就會變成在地球生命當中，唯有鳥具備不可思議的能力。

「要是我說那裡搞不好發生了超出這邊所能看到且理解的事態，你會笑我嗎？」

美里望著前方，偷偷向背後問道。冬月一面嘆氣一面回答。

「事到如今妳還在說什麼——就是十分有可能才傷腦筋啊。」

「總司令，歐盟第六軍提出聯合國緊急安全理事會認可的支援要求。」

聽到青葉告知有大量附件，美里露骨地擺出厭惡的表情。

那是再度以軌道上的0．0EVA（現特洛瓦機）代替通訊衛星傳來的通訊。

歐盟立即反應部隊第六軍——通稱Heurtebise部隊——以司令官哈特曼上將的名義，附帶德國NERV的說明，徵詢箱根協助任務的意願。

第一點是隨著超級EVA消失，要求歸還借予的QR紋章。

第二個是針對改裝成宇宙規格的歐盟EVA（02 Heurtebise）出擊，請求0．0EVA機同行。目的是要求展開絕對領域，在發射消除飛來碎片的新兵器造成蒸發效應下保護地球。總之就是為了避免發生跟東照將半面地球烤得半熟的同種災害，要特洛瓦機撐傘擋著。

只憑0．0EVA一機的絕對領域防禦所面向的地球全範圍，是根本不可能的事。然而要是同行接近爆炸現場防禦便另當別論。根據一旦靠近光源，背後的影子就會變得巨大的理論，同樣

能以絕對領域的效果範圍防禦住地球全體。

美里大略看過申請書。

「愈是接近，在近距離防禦的特洛瓦風險就會呈指數函數性上升，不是嗎？說起來，他們打算使用的新型兵器是什麼？」

「既然會用到要我們歸還的ＱＲ紋章，我想是跟載體或ＥＶＡ有關的系統……但系統示意圖跟領域侵攻銃很像呢。」

冬月一面聽著青葉說明，一面用手指在控制台面板的顯示器上劃過顯示出來的兵器系統簡略方塊圖。

「這個『惡魔脊柱』是代號嗎？意即歐洲的創作天使，最終借用了惡魔之力。考克多會怎麼想啊……」

是說這樣看來，ＳＥＶＡ消失的情報已經外洩了。冬月呼叫情報部。

「有徹底對與超級ＥＶＡ消失情報相關的全所員實行設施內滯留嗎？去把在那之後的這兩小時內，有可能與外部聯繫的人物通通找出來。」

「不過他們還真有自信呢。難道『惡魔脊柱』能做到相當於東照的事情嗎？」

零No.特洛瓦依循吩咐停留在地球軌道上，一面以伽馬射線雷射砲射擊第十二塊飛向地球的碎片。所消耗的是能量，以及時間。

朝下一個目標瞄準的射線旁就是剝離大地黃泉比良坂。其輪廓在逆光中閃耀著。

自己的同位體零No.希絲現在就在那裡。如今，特洛瓦很想和過去以精神波相互連結，彼此之間不需要對話的姊妹們見面，說說話。

徹底變貌的第二適任者——儘管成為與EVA的融合體，卻依舊停留在這世上的明日香同樣在那裡。而既然她在那裡，那麼持有真嗣心臟的它想必也在她身旁。

在喪失心臟的超級EVA與真嗣化為鹽巴粉碎後，如今只剩下那顆心臟是真嗣的存在證明。

「……」

不去那裡行嗎？這個疑問就某種意義上根本是自欺欺人。她的真正想法是這樣的。

我想去那裡。

對零No.特洛瓦來說，要想到這個答案其實非常困難。因為打從她顯現在這世上至今，行動從

未受到強烈的自我慾望驅使，更不可能以違抗任務的形式這麼做。

「這是不懂自由者的可悲極限。」任誰都會這麼說吧。但她就是為此誕生的。這既非依存，也非束縛，而是她的存在意義。她每天都比謳歌自由的人們更加認真地自問著自己應有的姿態。

自己的存在意義為何？

嗶！「！」

外部感測傳來的警告聲，將特洛瓦從無形的思考迷宮中拉回現實。

量子流動傾斜儀發出警告，有雷達掃描不到的物體正急速接近。

顯示器上顯示出代號的是已知物體，準確度之高早有偵測實績。

又是QR紋章。就在她的肌膚感受到對方的接近而竄起惡寒之際……

——啊……

本來曖昧不清的芥蒂在她心中迅速地開花結果。

就連特洛瓦也甚感意外的答案，讓她當場瞪大紅眼的瞳孔。

警報響徹開來。

箱根指揮所的日向隨即出聲要她迎擊。兩者的聲音在腦中「嗡——」地響起，她卻覺得全都很遙遠。

特洛瓦將長距離天線指向黃泉比良坂，以有點快的速度喊道。

「０・０ＥＶＡ（特洛瓦）呼叫Ｆ型零號希絲。請注意，『黑色巨人的思考』大概要降臨了，請別被拖走。」

即使是此時此刻，０・０ＥＶＡ的ＡＩ依舊在測量接近物體的危險度。ＦＣＳ隨即變更瞄準對象，將其設定為最優先目標。它學習以前迎擊「這傢伙」時的資料，在虛空中的某處決定新的瞄準點。

『我……討厭～～這樣～～～～！』

十萬km之外，小不點零No.希絲以因為數位資料不全而斷斷續續的聲音回答。她似乎正處於指向性天線無法定位的高機動狀態下。

『現在意識——的話，非常糟糕唷～』

意即希絲正處於戰鬥狀態。『特洛瓦……』但她仍口齒不清地接著說道。

『妳打算做什麼吧。』

「嗯……請好好防守吧。」

『了～解～用嘴巴對話意外地也能傳達呢……哇！』

「喀！」希絲的訊號中斷。若不是在進行劇烈機動，就是被岩石擋住了吧。

伽馬射線雷射砲告知充電完畢。想必只消一擊就能將它連灰都不剩地氣化吧。

箱根也收到飛來物體的資料了。這次同樣能擊墜。沒錯。

距離扣下扳機的時機還有一秒。

然而代替撞擊警報在插入拴內響起的，是系統錯誤的警告。

特洛瓦輸入緊急驗證碼，接著以最後敲打的按鍵關閉迎擊的一切動作階段，讓０．０ＥＶＡ在這瞬間變得毫無防備。

她將背部的外裝型$Ｓ^2$機關本來緊急增強的輸出作為多餘能量，由沖放閥自動排放。

聽著排放聲的她將ＬＣＬ深深吸入肺部，盡可能地將身體壓在椅背上。

特洛瓦知道接下來會發生什麼事。

激烈衝擊襲上０．０ＥＶＡ的左手部，神經連結將狀況反饋到身上。「砰！」特洛瓦的左手，被用力撕裂的感覺竄過全身。

同時，黑色波大量流入特洛瓦的思考內部。

箱根指揮所目擊了不知從何處再度飛來的ＱＲ紋章（阿爾瑪洛斯的黑色鱗片）直擊軌道上的０．０ＥＶＡ特洛瓦機。

透過遙測顯示在監視器上的各項數值顫跳起來。

「ＱＲ紋章迎擊失敗！」

為什麼？面對意外結果而鴉雀無聲的指揮所，突然間亂成了一團。

「特洛瓦中止了迎擊！」

「不可能吧！」

在怒吼聲此起彼落的指揮所裡響起的……

『呀……──啊……啊啊──！』

是特洛瓦斷斷續續的呻吟──她劇痛得無法呼吸，也難以喊叫。

「確認損傷部位！」

「ＱＲ紋章以鑽進手臂兩根骨頭之間的狀態停止。儘管兩根模擬骨骼都斷裂，然而在侵入物不斷使周圍組織變質後粘連起來了……！糟糕，量子傳送神經網以損傷部位為中心漸漸喪失訊號，看不到了。」

「特洛瓦？」

「汙染要開始了！快射出插入拴，讓ＥＶＡ與駕駛員分離！」

「噗滋！」被大叫的冬月壓住話筒側的聽筒陷入沉靜。與歐洲方由０．０ＥＶＡ充當通訊衛星中繼的通訊中斷了。

「強制射出指令無反應！」

「──與歐盟的熱線也切斷了。」「這種事現在怎樣都無所謂啦！」

「基礎系統遭到ＱＲ紋章侵蝕了嗎？」

是系統停機，抑或軌道與姿勢的變化讓雷射通訊的焦點偏移？

過去在QR紋章的影響之下，零No.卡特爾與她的0．0EVA一號機精神異常與器官變化而造反。這完全是有可能發生的最壞狀況。

然而望遠裝置持續捕捉到0．0EVA的影像，0．0EVA方的遙測也陸續將狀況監視器影像與特洛瓦的狀態以紅外線雷射傳來箱根。儘管之後系統很可能會因為汙染造成的異常停擺，但在當下這個瞬間，通訊機器是正常的。

「特洛瓦，妳該不會是自己……」

日向的詢問被打斷了。

因為監視器裡的特洛瓦顫抖起來，開始喃喃說起什麼來了。

『──結束──聚集，人類……』

「來了嗎……！──意識如何？」

「勉強維持在清醒程度。」

指揮所工作人員紛紛停下動作，傾聽著綾波零No.特洛瓦就像發高燒胡言亂語般的話語。

那是QR紋章的持有主──阿爾瑪洛借用她的嘴與知識所傳達的話語。

『聚集於末日者們，看吧──

還原……環封閉……橋……

在空中架起宏偉之橋……

以宏偉之橋覆蓋天際——

七……束起七大洋之柱……！

五……鞏固五大洲之階梯……！』

「不是老樣子的……房東的搬遷勸告呢。」

「那已經結束了吧。」冬月說道。「這是強制代執行的通告喔。」

０・０ＥＶＡ的插入拴內，ＱＲ紋章的汙染漸漸擴大。特洛瓦為了維持意識而忍耐著。

「聚集於方舟者，獲得幸福吧——」

「……」

看來這似乎就是全文。

腦袋一片空白的她吐出肺部的ＬＣＬ，做了個深達胸腔的呼吸，卻依舊難受。

『箱根ＣＰ呼叫０・０ＥＶＡ（特洛瓦）。接下來將進行語言測試，請回答。』

與發高燒的感覺很像，箱根ＣＰ傳來的通訊也聽不太清楚。

在俯瞰地球的軌道上，無法控制姿態的０・０ＥＶＡ一直橫向打轉著。

起初特洛瓦覺得自己正閉著眼睛，不過當她留意到自己其實一直睜著眼睛，只是感受不到光亮後，顯得有些動搖。隨著視力一點一滴地恢復，根據地球、星空、太陽在插入拴內的虛擬顯示

器上不斷重複橫向流動的閃爍畫面，她總算明白機體正處於旋轉狀態。

左手上仍殘留著ＱＲ紋章撞擊的反饋，痛得相當厲害，很不舒服……當她正準備確認——機器是否產生異常之際，背部湧現一陣惡寒。

〈背後有什麼正盯著自己。那是漆黑的黑暗——〉

被ＱＲ紋章汙染的ＥＶＡ駕駛員——好比真嗣——也曾這樣說過。當下特洛瓦同樣忍不住轉向背後。插入栓內的虛擬顯示器後半部以錯誤訊息為邊界，呈現一片漆黑。

——跟在超級ＥＶＡ那時一樣。不過當時因為碇同學也在——

這麼想著的她猛然注意到。

明明沒有理由，眼下她卻陷入恐懼。同乘超級ＥＶＡ之際，汙染真嗣的ＱＲ紋章也曾差點吞噬特洛瓦，甚至將她的頭髮染黑了一半。儘管痛苦，然而並不恐怖。

那現在又為什麼——？自己什麼時候變得這麼軟弱了？

『箱根ＣＰ呼叫０・０（特洛瓦）ＥＶＡ。聽得到嗎？請回答。』

她以理性制止了下意識想以指甲搔抓左手的手。

——冷靜下來……我擁有No.卡特爾承受ＱＲ紋章的痛苦與汙染時的經驗——

「……嗚……啊……」

——在超級ＥＶＡ那時也是——

況且我……是自願這麼做的——

『——……NERV JPN由0・0EVA呼叫歐盟立即反應部隊第六軍……與箱根NERV JPN的通訊中繼——受到電磁干擾與機器損傷影響而難以繼續……』

正在觀看監視器的箱根大吃一驚。

「……零（特洛瓦）——擅自與歐洲方通訊起來了……！」

「特洛瓦……特洛瓦？妳到底怎麼了！」

向前探出身體的美里，忍不住透過總司令席的通話器直接問她。

「這件事現在不處理也行。我們這邊會討論——」

她連忙從主顯示器上挪移視線，低頭望向中甲板的日向。只見他搖了搖頭。

「的確發生了通信故障。然而訊號強度足夠，應該不至於影響通訊中繼……」

——這樣的話，該不會！不，可是……

正當美里仍無法肯定自身推測之際，揚聲器依舊傳出特洛瓦喘息般的聲音。她繼續說道。

『此後，箱根的文字訊息……會由我——第一適任者綾波零同位體No.3以口頭傳達……NERV JPN同意第六軍哈特曼司令官的請求。本機將會護衛歐盟EVA（Heurtebise），前往自月球飛來的剝離大地——JP代號為黃泉比良坂。』

指揮所一片譁然。

「──那孩子……！」

「此外……」特洛瓦痛苦地繼續說道。

「此外，關於要求歸還超級ＥＶＡ的ＱＲ紋章……儘管比不上那塊──但若要ＱＲ紋章，這裡就有一塊了。」

平時罩著面罩，總是經由照相槍取得正面視野的０．０ＥＶＡ頭部開啟正面單眼。特洛瓦將左手舉到鏡頭前方，以右手設法握住刺著ＱＲ紋章而顫抖亂動的左手，展現給鏡頭看。

「請EVA EURO Ⅱ Heurtebise的……副班長洞木同學……盡快過來。」

此時，希絲正喊著：「啊～～～～～～我～～聽～～不～～見～～」

該慶幸這次她並未被攻其不備吧。一讓同步率下降至勉強還能機動的程度，她便以雙手摀住耳朵，瞇起眼睛，撐過黑色巨人的訊息。

## #5透鏡

### ■黑鎧

真嗣活動黑色手臂，改變以吊索揮動的投擲錘軌道。

咚！——兩頭絕對領域之獸由側面被打飛。但這樣死不了，因為它們不具備物理形態。

襲擊者群體相當難纏，它們開始看出真嗣揮舞投擲錘的轉彎時機了。

如今，他總算認知到自己成了巨大偶像。

既身為Torwächter $\beta$（黑色使者之一），再外加身處近乎無重力的這個環境。

——該死！

然而他沒有餘力思考。

他的背後有著受到重創的另一架Torwächter——$\alpha$1明日香EVA整合體與他背靠背佇立。

不，應該說是她沒辦法好好站著，只得將背靠在真嗣身上。

彼此背上的傳送板發出「轟轟」聲相靠。

倘若能乾脆以這個背板開啟「傳送門」逃走就好了。他們卻不知道開啟的方式。

〈笨蛋真嗣！〉

總覺得自己似乎是被她的聲音喚醒的。

總覺得自己曾遇到恢復人形，取回自我意識與語言能力的明日香。

——到底從哪裡開始是夢，從哪裡開始是現實啊？

不過襲擊者們的目標是她——唯獨這點無庸置疑。

Wolfpack形成近二十頭絕對領域獸群，率領它們作戰。

那架手腳猶如四腳獸般抓住大地的美製ＥＶＡ，咬下了一半以上仍滯留於α１明日香身上的數千生命情報。

這讓α１明日香受到重創，Wolfpack在新地島上巨大化的機體則變得更大一圈。飄浮在腰際上的光環，是她從雷米爾身上搶來的粒子加速器。

「妳是真理吧……是我——真嗣唷！」

真嗣認為真理襲擊他們的理由，在於目前自己與明日香是敵對存在Torwächter β與Torwächter α１的模樣。或者應該說他希望如此。

眼下真嗣的狀態跟與S EVA達到高同步率時相同，Torwächter的一切知覺便宛如他的感覺。而從裝甲表面上感受到真理等存在的氣息，並非人類性的思想、誤解，或是情感衝突這些，反倒是極為純粹的殺意。對真理來說，無論明日香是EVA抑或Torwächter都無所謂。

——還是說，這也是夢？

然而忘記跳動的心臟＝高次元之窗，如今正待在真嗣的胸口，毫無節制地噴出怒濤的能量。這股彷彿熊熊燃燒的熱度讓他正視現實。

——我取回了心臟……可以這麼想嗎？雖然完全搞不懂為什麼會變成這樣……

儘管與心臟偶然恢復成一體，它卻沒在跳動。

正確來說是回到被控制住之前的危險狀態——瀕臨失控崩解的$S^2$機關末路。

在宛如高爐般「轟轟」地無秩序噴出能量的這個窗口上，他感到自己就快壓抑不住的龐大熱能與壓力。

第三次衝擊。

——看來它的到來不會太久。真嗣憑直覺理解了這點。

真嗣再度擊飛領域之獸，其本體Wolfpack卻完全避開了投擲錘。

「真理！快住手……！」

她沒有回應。

真嗣也沒信心能讓這架黑色機體發出某種足以傳達意志的訊號。

更何況對方早已堅定決心。呼喚這件事不過是為了讓自己免罪——

「該死……！」

幾乎徹底淪為四腳獸的US EVA率領領域獸群，蹬向岩石大地後再度衝來。

「明日香，快飛起來逃走！」

明日香EVA整合體正要站起，卻又再度倒下。看來她無法保持平衡。

「妳有自豪的N²反應爐吧？不知道妳是怎樣連同N²反應爐一起小型化的，讓摩耶小姐也很不甘心喔——來，快飛吧……！」

真嗣加快語速地朝她喋喋不休。不能在這裡讓她放棄。

儘管明日香EVA整合體仍跪在地上，漂浮槽長髮上卻產生了好幾個重力子。然而排列得不甚整齊，數量也不充足。

「即使如此！」

趕在獸群一擁而上的尖牙利爪擊中前，「咚！」Torwächter β抱起Torwächter α1蹬向地面，以下一步高高躍起。單色調的地面在轉眼間遠去。

質量消滅一半的黃泉比良坂最大直徑為二〇〇多公里，重力微弱，就連這一跳都能充分脫離這顆小行星。

背後卻隨即感受到阻力。

——什麼！

「是背板……！」

背後那塊板子接觸地面的部位處於轉移狀態，通往聯繫著與補完計畫相關的一切大地，是個大型轉移通道構造。該通道有辦法前往地球軌道隔著太陽的正對面位置，倘若換算成現實空間距離會是超乎常理的長度，卻不能無止盡地自轉移面拉出來。

——阻力……好強！

看來這就是Torwächter的極限了。

兩架Torwächter拖著宛如寬長尾巴般被拉長的背板，才飛了將近一〇km左右，便再度朝這塊黃泉比良坂降落。

降落之前，他在拋物線頂點望見偌大的地球從黃泉比良坂邊緣升起。

「啊……！」能在向陽側看到的月球、這塊岩石大地，以及地球——遙望故鄉的驚鴻一瞥總算讓真嗣知曉自身位置。他的身體被背板拉回，朝野獸的獵場墜落。

「！——明明看得到……明明離得這麼近……！」

彷彿遭蠻橫地強行拖往地底的不平衡感。

宛如無法切斷的臍帶電纜——它是枷鎖。

——我們被綁在地面上了……！

一種近似幽閉恐懼症的束縛感油然而生。

黑色使者即是大地的俘虜——他感覺聽到了這樣的宣告。

「該死！」

〈人類……禁止擁有翅膀。〉過去當超級ＥＶＡ獲得Vertex之翼時，黑色巨人阿爾瑪洛斯曾藉由零No.希絲之口如此宣告。

——該死！

隨著他的降落，地球再度沉入稜線下。眼看粗獷的岩石地表正逐漸逼近——

## ■小光再臨

『NERV JPN的綾波同學，我是Heurtebise的洞木。現在要將妳的０．０ＥＶＡ ０３編入歐盟的作戰鏈路，識別代碼是Ｍ、Ａ、Ｇ、Ａ，ＭＡＧＡ——魔法師喔。』

儘管正忍受著刺在０．０ＥＶＡ左手上的ＱＲ紋章帶來的汙染與痛苦，特洛瓦依舊對小光傳來的流暢對話感到不對勁。

「……NERV JPN——0・0EVA綾波收到。」

EVA EURO II Heurtebise自弧形地平線的東側出現，微小得像個點。由零No.特洛瓦的0・0EVA角度來看，她就像是正倒退走，遙遠步伐一度消失在西側地平線的圓弧處。不過正確來說是這邊的軌道速度仍高於加速中的Heurtebise，因此超越了她。

『久等了，綾波同學。』

不過小光在下一圈便達到高於0・0EVA的軌道速度，由後方趕上的她修正從斜角切入的橢圓軌道，靈巧地搭上這邊的圓軌道。

「……真厲害。」

與真嗣跟特洛瓦一起升上這個低軌道時的不安全感可說有著天壤之別。

至少根據特洛瓦的記憶，小光只是適任者選拔學校的一名學生，從未聽說她曾受過軌道上機動的訓練。外加上方才感到的不對勁——

——思考輔助——是替身插入栓嗎……

Heurtebise有著奇妙的特性。

儘管這架歐盟EVA是以駕駛員＋替身插入栓系統輔助為基礎，卻沒有一名測試駕駛員承受

得了與替身插入栓共存。

唯獨小光能正常駕駛，是因為在她搭乘之際，ＥＶＡ本身會保護她的精神不受來自替身插入栓的痛苦。原因在於作為Heurtebise基礎的ＥＶＡ素體，其實源自於明日香的貳號機建造過程中遭廢棄的軀體。

小光有察覺到——Heurtebise在接觸她心中的明日香記憶後，便變得溫柔了起來。

反倒是小光的精神會在溶入ＥＶＡ體內的期間擴大。思考上的變化之大，足以讓她根據自身判斷，做出將ＱＲ紋章移植至瀕死的Ｓ ＥＶＡ身上這種果斷行動。

「——將ＭＡＧＡ……設定為本次作戰的本機辨識碼。」

讓作戰鏈路進行同步，亦即要她公開己方機體的部分狀態。

ＡＩ無法判斷特洛瓦叛離NERV JPN這件事，開啟了數量龐大的警告視窗。

這是在抗議歐盟方連上機體狀態的遙測接口。

特洛瓦將這些視窗一個個關閉，隨即顯示的歐洲方的作戰排程早已在進行當中。

儘管意識因為精神汙染而變得模糊，她卻仍抬起視線，因為有影子落入視野。

「咦？」

Heurtebise靠近至幾乎要相撞的距離。

掛在它左肩處的長型貨櫃前端開啟，從中跑出宛如幻想中龍頭般的造型物，嚇了特洛瓦一跳。它扭動起有著鱗片般裝甲的脖子……

「！」

咬住特洛瓦的0．0EVA插著QR紋章的左手。

見特洛瓦忍不住想抽回手臂，小光以冷靜的語調向她喚道。

『別擔心，這是「惡魔脊柱」的制動器，是槍口喔。妳有辦法切斷插入拴連結，後退到插入準備位置嗎？』

「似乎……沒辦法。」

『那就切斷神經反饋，閉上眼睛——畢竟一旦看著，絕對領域便會反射性地冒出來——可以嗎？』

小光喘了口氣，簡潔地……

『忍住……！』如此說道，隨即揮出Heurtebise的巨大右臂。

自其身後揮出的斧槍對準0．0EVA的左手，伴隨留下的殘像劈斷骨頭，「咚！」巨響響徹0．0EVA的插入拴內。儘管AI已切斷神經接合，直到方才仍與之同步的綾波零No.特洛瓦依舊感受到劇痛。

「呃——啊——！」

不僅是ＱＲ紋章，Heurtebise更連同被汙染的部位——０．０ＥＶＡ的左手——由上臂部砍斷。

『收到ＱＲ紋章嘍。』

不同於平時的小光，與ＥＶＡ本能融合的她並未顯露一絲猶豫。

『Heurtebise（小光）呼叫指揮艦橋。０．０ＥＶＡ ＭＡＧＡ的截斷部位組織似乎無法順利閉合。』

『這裡是指揮艦橋。胸部至左手的構造已分析完畢，試著由此以遙測方式進行吧。』

特洛瓦輸入緊急認證碼開啟自機通訊埠，卻仍有好幾個部位不接受歐盟方的認證。歐盟方的工程師以病毒突破，繞過認證並俐落地修理起內部各處故障。

啪嗒、啪嗒啪嗒——虛擬顯示器的立體顯示出現變化。紅色的立方體警告視窗有一半變成藍色且消失，剩下的立方體也轉為橙色。

壓制住的手臂抽動著。

痛苦跨越理應已經切斷的神經網，殘留於特洛瓦手上。

然而不知是這套本來為明日香新造的奧利哈鋼纖維戰鬥服好好發揮了可變屏蔽性，抑或是小光粗暴的判斷奏效，由ＱＲ紋章湧來的黑影開始自特洛瓦身上褪去。

『小光，ＱＲ紋章的攝取狀況？』

『正要開始。倒數30秒。』

外頭的通訊忙碌地此起彼落，暫時無暇顧及特洛瓦。心不在焉地聽著通訊的她壓著左手，伴隨依舊急促的呼吸，望著方才甫聽過代號的歐盟ＥＶＡ（惡魔脊柱）新兵器。

『是NERV JPN的綾波小姐嗎？我是歐盟立即反應部隊第六軍的克勞塞維茲。能提供妳機體的鏡頭影像與掃瞄情報嗎？請幫我監控Heurtebise的狀況。』

那個「槍口」竟然將ＱＲ紋章連同０・０ＥＶＡ的左手吃了下去。

「好的，克勞塞維茲中校，請多指教。」接著，特洛瓦補上一句。

「……洞木同學——一點猶豫都沒有……」

『妳是想說我下手居然毫不留情吧。』做出回覆之際，小光笑了笑。

『——走下ＥＶＡ後的我總是非常後悔，也曾不經大腦地責怪明日香……但我想自己之所以會搭上這孩子，就是想製造這種能夠後悔的時間吧。』

## ■受族群圍繞

真嗣他們在短暫跳躍後著地，眼前是高聳的斷崖。夢中他朝蛇擲出的朗基努斯之槍就刺在上頭，形成一個巨大隕石坑。

環顧四周後，他也在丘陵上發現了被拋開後插在地面的東照大弓。

望見那把弓之際……

「啊……」他總算理解到自己由箱根被傳送至此，成為Torwächter的鎧甲肉體這件事。結果還是回到原地了，就只是這樣而已。

兩架使者的背板再度縮短而成了傳送點，獸群於對側窮追不捨，腳步快得猶如惡魔。地平線上已能看到它們奔馳過來的身影。

真嗣漸漸地不再視它們為能夠說服的對象，視野中望見的步伐令人備感戰慄。

——只能迎擊了嗎？

為了取回刺在斷崖上的朗基努斯複製品，黑色身軀向前邁出一步。

「！」

是下無意識的舉動？還是又被操控了？真嗣慌慌張張地停下腳步。

——倘若使用那種東西，也會一起殺死裡頭的真理啊……！

他的視線再度回到獸群身上……

「糟了！」

揚起沙塵接近的領域之獸數量不對。

看來獸群再度兵分兩路。

——真理在哪裡？

如果肉眼可見的獸群是為了引開注意力的佯動……！

在他身後，刺著朗基努斯的斷崖上躍下巨大黑影。

即使轉身依舊太遲，他光是將背負的明日香ＥＶＡ整合體拋向一旁就已竭盡全力。真嗣只得以自己的身體——Torwächter β機體——擋下迎面撲來的Wolfpack。

超級ＥＶＡ的質量將近四〇〇〇噸，眼下Torwächter的機體也能感受到同等的運動質量，卻完全阻擋不了體型早已超越兩者的Wolfpack衝撞。

隔著絕對領域被撲倒的他，被銳利沉重的前腳爪子將臉——右眼戳爛了。

「呃啊！」

溢出的並非血液，而是同樣從心臟流瀉的金色粒子，宛如無數火花線條般自真嗣臉上噴出。

真嗣踢飛了撲到自己身上的這頭野獸領袖。

這一瞬間，對方的思考流入他的內心。

儘管新地島之戰那時，他也藉著非物理手段的感覺交流與真理對話——

這次卻讓他感到毛骨悚然。

〈吃吧——吃吧！無論是明日香的族群，還是礙事的傢伙——全都吃掉吧！〉

這樣的話語猶如無限重複的海嘯般響徹耳際，真理的思考嚴重僵化到無法溝通。如此一來縱使聽得到呼喚，也不可能做出回應。

感覺彷彿燃燒起來的熱源不僅由胸口，也自失去的右眼之中湧出。

面對真理的思考，儘管視野只剩一半，真嗣依舊粗暴地策動龐大的黑色身軀。

「妳到底怎麼了？」

薰的聲音回應了真嗣不成聲的吶喊。

〈你在訝異什麼？〉

被踢飛的Wolfpack在空中扭腰翻身。這架前陸戰兵器同樣早已學會透過領域控制姿勢，輕鬆落地。

接著，它以重力震仰天長嘯。

雖然真嗣想藉由滾動龐大身軀靠近明日香，卻在真理的一聲長嘯後，被潛伏的領域之獸給撞飛。

絕對領域獸群再度改變陣型，從四面八方攻擊而來。

「訝異什麼——很奇怪啊，那個真理……」

回過神來的真嗣已被個別行動的複數群體團團圍住。這是他最害怕的狀況。

倘若面對的是單個群體倒還好說，要是分散進攻，他寡不敵眾。

小型集團相互輪替，重複著一擊脫離。

既然對手已貼近身邊，投擲錘便失去其用意，只能當成過大的棍棒揮舞。

但他甚至就連反擊之際也會由其他方向被撞飛。肩部鎧甲遭敵人揮出的爪牙猛攻而碎裂、腳部被撕裂而噴出金色火焰之血。儘管如此，如今他依舊只能想辦法對付眼前的敵人。

耐不住猛攻的真嗣感到視野愈來愈狹窄。一旦變成如此，結果可想而知。

「啊！」

手腳從後方被咬住，當他注意到時，已在一陣天旋地轉後再度遭對手扯倒。

心臟發出猶如瀑布般的轟響。

不斷增加的傷口同樣開始噴出自高次元流入的能量。「咚咚！」他倒在地面上，聽著那道嘈雜的聲響。

隨著黃泉比良坂自轉，藏在稜線對側的地球逐漸升起。

〈這是當然的呀。〉薰如是說。

〈在吃掉對手後增加、膨脹，無疑是動物的純粹本能，不是嗎？〉

「可是——當初在新地島時……照理說能跟她好好相處的……！」

真嗣揮出手中的投擲錘，宛若掙扎般地試圖再度站起。

〈你還敢說這種話？〉

他回過頭。

在單眼的視野裡，只見Torwächter α1——明日香就像被玩弄的獵物，在獸群之中被拋飛至天空。

「住——住手！」

儘管如此，肩頭傷口噴出鮮紅血液，宛如壞掉的人偶般被拋出的她依舊放出微弱的衝擊閃電，那道弓形閃電卻徒勞無功地燒灼著地面。

當背部落地的她彈起之際，獸群一齊湧向那柔軟的肢體。

〈野獸不會唱歌呢。〉

「哇啊——！」

投擲錘飛向空無一人的方向，獸群連躲都不用躲。

然而真嗣憑藉手腕力道拉回連著投擲錘的吊索，歸來的並不只是那個質量兵器。

他把刺在彼端大地上的東西給鉤來了。

噴著火的黑色手臂自撲來的獸群間筆直伸出。

手掌猛然張開。

Torwächter β放開手中握著的投擲錘吊索，以右手用力握住飛來的朗基努斯之槍。

〈縱使能發出悅耳聲響，野獸依舊無法創作歌曲。你們該明白取得容器的資格何在。〉

宛如等待著這刻般，身後逐漸升空的地球影像就像是隔著透鏡似的扭曲了。

■眾人環視

箱根的NERV JPN指揮所同樣偵測到這個異變。

之所以嘈雜起來，是因為觀測到黃泉比良坂異常加速。

它再度接近地球的時間提前了好幾天。儘管0・0EVA特洛瓦機並未回應指揮所，日向卻依舊一直呼叫著她。

「黃泉比良坂與地球間的空間發生異變！」

不過雖然沒有回應，特洛瓦機卻仍持續將觀測資料傳送回來。

畫面上能看到奇妙的扭曲。

緊接著，下層甲板的女性操作員傳達了觀測班的緊急通報。

「快看屋外攝影機——天空很怪！」

這樣的說法太過曖昧而令人難以理解，青葉於是將本部設施塔的攝影機影像顯示在主顯示器

上，隨後便理解到她為什麼只能這麼講。

本來纏繞在該處的雲層漸漸消失。

開始西斜的太陽閃耀著帶有強烈紫外線的陽光，深藍色天空宛如破了個缺口般。

浮現於此的月球接近了一〇多萬km，巨大到即使夕陽西下，地上也會因為反射光而暗不下來。

因為無法與周圍天空的顏色區別開來，起初其實不太能注意到出現問題的天空異變……

「──天空的一部分起浪了……？」

視直徑甚至超過巨大月球的圓形空間中央宛如波紋似的泛起波浪……

「剛剛……波浪上是不是顯示出什麼？」

能看到某種模糊的影子上下顛倒地動著。與此同時，波紋平靜了下來，狀似浮現在遠方天際上的巨大透鏡。宛如將焦點對準了某物，影像漸漸變得鮮明──

「哇！」

只見黑色使者揮舞著槍。

同時朝周圍空間噴出大量血沫。

「Torwächter β！」

從心臟……不，那個黑色使者正從全身噴出火焰，熊熊燃燒著。

「這是黃泉比良坂上的光學影像嗎？」
「透鏡的距離約莫在朗基努斯環的軌道上！」
「也就是說，有這麼巨大的透鏡浮現在地球與黃泉比良坂之間，對吧！」
「透鏡？——不，若只是光學性放大，照理說會暗得什麼都看不見……」
儘管被冬月問到的日向慌張不已，然而問題不在於理論，而是所聚焦的影像。
「所以這並非欺敵影像嘍？」
「位置關係與希絲機傳來的情報一致！」
「與黑色使者交戰的機體是希絲機回傳情報裡的美國ＥＶＡ嗎？外型跟停靠大觀山機場之際相當不同呢。」
美里搔抓著頭髮。
「這種時候摩耶在幹嘛……！地下實驗那邊怎樣了？」
「從兩個小時前就一直無法聯繫上。」
「冬月教授怎麼想？」
總司令葛城美里向冬月代理副司令輔佐尋求建言。
映照在透鏡上的影像，是Torwächter β如薙刀般揮下朗基努斯之槍。
它的黑色表面由胸口自肩膀大幅裂開而膨脹，鎧甲上隨即出現一道巨大龜裂。

「這是針對技術面的詢問嗎？那麼——」

「不，我想問的是那個透鏡——是某人為了某種目的的實況轉播嗎？……」

美里看著畫面，打住話頭。

只見在開始碎裂的鎧甲當中——「等等——騙人的吧！」

「放大！」冬月同樣注意到了。

Torwächter β緊接著透過腰力將槍揮出，迅速踏出一步，刺死了由側面接近的領域之獸。

它的鎧甲因此受到衝擊，從腰部到踏出的腳上「嘎吱嘎吱」地脹起，隨即像是耐不住底下形體變化而鼓起碎裂，爆炸四散。

「那不是Vertex之翼嗎……！」

黑色鎧甲連鎖性地破碎並掉落。

最後，黑色頭盔鼓起，頭角也縱向裂成兩半。

「哐啷！」散落的頭盔下露出了彎曲的頭角，下方頭部遮罩開啟，亮著左眼。

「是超級ＥＶＡ……！」

眾人站了起來。

在箱根這邊看來，眼前所示的是在東照大弓發射後，理應化為鹽柱消失的超級ＥＶＡ突然出現在宇宙數萬公里外，自月球往地球逐漸滑落的岩棚上。

「真嗣……！」美里猛然回神。

「所謂被心臟呼喚是這麼回事嗎？狀態資料如何？」

「——遙測裝置沒有訊號！」

交互看著主畫面與手邊畫面的日向搖了搖頭。但美里接著發出指示。

「快呼叫他！」

「那副模樣可不尋常啊……」冬月的話音遭到指揮所的喧囂覆蓋。

不只是胸口的中央三角，看起來就連全身都噴出了火焰。

「是啊。」儘管同樣驚訝於ＳＥＶＡ的出現，美里臉上的表情卻沒有改變。

因為她對類似的景象有印象。

在北非，真嗣得知無法拯救身為人類的明日香之際。

以及拒絕了試圖幫助這樣的他而伸出援手的零No.特洛瓦之際。

當時的他既生氣且悲傷，噴發的憤怒之焰使超級ＥＶＡ的全身燃燒起來。

而現在超級ＥＶＡ的戰鬥一如當時，既無戰略也無戰術，看起來就是不顧死活地浴血死鬥。

「以我的名義向NERV USA抗議！要他們不准攻擊超級ＥＶＡ。」

「這樣行嗎？那也可能是Torwächter β的擬態呢。」

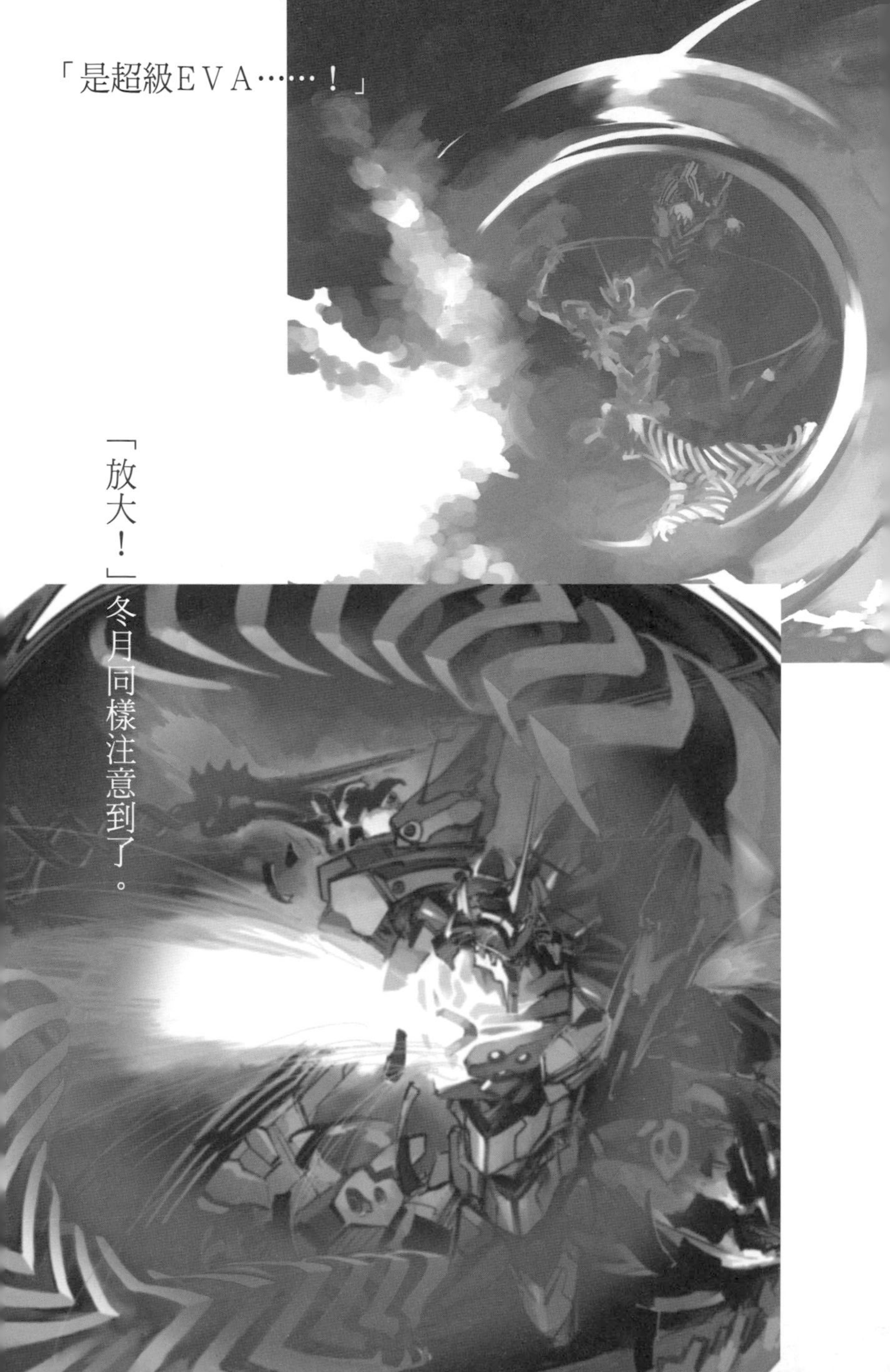

「是超級ＥＶＡ……！」

「放大！」冬月同樣注意到了。

「沒關係。」

中甲板的青葉表示。

「NERV USA傳來了攻守相反但內容幾乎相同的抗議唷？」

想也是理所當然的。

「東半球的通訊恢復了？」

青葉指著自己的控制台上正不停捲動的顯示器畫面。

「歐盟的Heurtebise在升上軌道之際，似乎撒下了通訊衛星——在面向黃泉比良坂的地球全半球各處，似乎都能看見那塊透鏡。」

「這樣啊……也就是受到眾人關注了呢。」

超級ＥＶＡ與Wolfpack互不退讓，迎面相撞。

超級ＥＶＡ以朗基努斯槍柄擋下Wolfpack的突擊。伴隨火花往一旁撥開後，它一槍刺向呲牙裂嘴撲來的絕對領域之獸。

野獸的身軀再度爆炸四散，猛然地濺出鮮血而結凍。緊接著，ＳＥＶＡ再以抽回的長槍尾端刺向身後的野獸。

「壓倒性的攻擊呀……不過雙方看起來都不打算罷休呢。」

「是創世記第一章第三十節左右吧，神對他們說要管理地上各樣行動的活物——」

超級ＥＶＡ已消滅了十二頭領域之獸。

眼下真嗣的主觀位於超級ＥＶＡ的插入拴裡。

他凝視虛擬顯示器，預測接下來的攻擊，將操縱桿往前推出。

沒有思考這副身軀與插入拴會不會是重新構成出來的餘力。

〈你的表情變得很可怕唷。〉薰的聲音如是說。

「我想也是。」

——畢竟我接下來……

再怎麼煩惱也無濟於事。

趕在這顆心臟解放爆炸前，至少必須讓明日香脫離險境。

但這也就表示他得與真理的Wolfpack交戰，將之擊倒。「啊……！」

——為什麼會變成這樣啊？

〈那個姿態不能落入野獸手上——你還記得黑色巨人的話嗎？〉

真嗣心不在焉地聽著薰的話語。

同時他也發現自己正重新執行著黑色使者在新地島上的命令——那個尚未處理便結束的代理處刑。

但他不願承認這種事。

七頭領域之獸再度散開。倘若遭到完全包圍，縱使是朗基努斯之槍也非萬能。

這裡不是箱根，自己也拿這顆心臟沒辦法了吧——既然如此……

「流到我的手腳上吧！」

供給過剩而無法阻止的心臟能量直接流入超級ＥＶＡ的四肢。

「呼……——呃……！」

伴隨一陣劇痛傳來，拳頭與雙腳噴出火焰。

「咚！」超級ＥＶＡ衝了出去，機動力超越領域之獸。

巨大雙腳拖曳著火焰的軌跡，看出領域之獸以複雜路徑奔馳的下一步。

刺出的長槍，將措手不及的野獸一一化作血沫。

〈明明將自己的姿態給了人類，更賦予他們能與自己對話的容器，人類卻把這個容器提供給只不過是循環生命系統的動物。這種事看來無法被容忍呢。〉

真理稱作家族的領域之獸。

——只是絕對領域的扭曲罷了！他如此說服著自己。

刺中的扭曲卻伴隨鮮明手感，猛烈地濺灑出鮮血。

此時此刻能感受到體溫，甚至是血的氣味。

接著，領域之獸便消散得無影無蹤。

儘管是經由SEELE之手複製的，但朗基努斯之槍就連這種存在都能奪走性命。

「別再過來了！」

然而它們直到最後一頭，依舊不肯罷休。

〈所以我想是基於人類的責任，你才會被要求收拾善後呢。〉

「人類……也是生物啊！」

〈重點不在那裡喔，真嗣。而是人類為何會獲得那樣的姿態——〉

環顧四周的他，總算注意到方才刺死的是最後一頭領域之獸。

它所濺出的血在超級ＥＶＡ的機體表面上漸漸凍成紅霜。

真嗣回過頭。

「真理！已經夠了吧！」

半獸半機的狼王卻猛然衝來。

猛烈蹬地的四肢沒有一絲迷惘。

一如過去的明日香被流入自身的生物意識給吞沒，如今Wolfpack是否真的依循真理的意志行動，他無從得知。

Wolfpack的光環發射了最大輸出的加粒子砲。超級ＥＶＡ以藉由燃燒手掌多重產生的絕對領域，擋下了那道蒼白的強烈光線。

——野獸……無法創作歌曲——

目擊了這個神話刑場的所有人，都覺得彷彿聽到真嗣呻吟哭泣的聲音。

「不行啊，真嗣——！」

甩開天使載體追擊的小不點零No.希絲大叫起來……

正當Ｆ型零號Allegorica不顧被載體再度發現的風險，將重力子浮筒的動力全開，從黃泉比良坂對側一口氣飛越稜線之際……

希絲望見了燃燒的巨人。

全身噴出金色火焰的超級ＥＶＡ手握朗基努斯複製品，以那把紅槍深深貫穿了舉起前腳、挺起上半身飛撲而去的Wolfpack腹部。

「做得漂亮！」

「啪啪啪！」被SEELE吞噬精神的加持拍著手，在排掉ＬＣＬ的插入拴內部發出響亮聲音。

ＥＶＡ變異體卡特爾機俯瞰著丘陵斷層壁，Wolfpack被槍釘在上頭。只見發光的生命之樹象形圖示從它身上擴大展開。

「補完計畫重啟了嗎？」

NERV JPN的逃亡者——綾波No.卡特爾一臉陰沉地問道。

怎麼可能——加持表示。

「我說過了吧，黑色巨人和使者們不過是系統，不具應對變化的應用力。這世界的終演是既定事項，就連這場『管教』如今也沒有任何意義了。」

卡特爾有點擔心地說道。

「碇同學……在哭。」

「這是開場，還有第二幕喔。」

這個加持的容器知道些什麼？

「畢竟都特意展現給我們看了。為了取回槍、為了結束這一切，那傢伙絕對會來。」

像是要看出他的內心想法，卡特爾注視著他的側臉。

■遮蔽空間

「方才的聲音——是真嗣吧？」

位於箱根地下的舊中央核心區。

在消失的超級ＥＶＡ所留下那塊無傷ＱＲ紋章的活性實驗空間裡，冬二再度詢問摩耶。

不，他還沒有問，只是正打算問——

「確實……聽到了碇同學的聲音呢。」

照理說摩耶不會馬上回答這種偏向超自然的詢問，卻立刻答覆了。

同樣露出奇妙表情的她，正準備問向一旁的操作員……

「與外部的聯繫依舊中斷。」

當她詢問前，操作員便轉過身來回答她了。

「唔……看來事前假定的現象在這個實驗圓錐內發生了呢。」

「亦即巴別塔效應的內側吧。」

「現在每分鐘轉六十六圈唷。」

「了解。暫時固定在這個轉數。」

每次總會跳過一句話交談的奇妙對話，出現在排列著觀測機器螢幕的臨時研究室裡。

過去載體杖子於新地島之戰時所產生膨脹空間的縮小版，如今在這個地下空間產生了。截至目前為止都一如計畫。

根據紀錄，載體巨大化等現象理應能活性化真嗣留下的ＱＲ紋章。此處一如假定，呈現無法與外部聯繫的狀態，是以他們並不知道超級ＥＶＡ出現在剝離大地上的事。

然而卻聽得見真嗣的聲音。

這裡是莉莉斯連同時間停滯球一起消失後，缺少圓形部位的空間底部。

位於遮蔽型組合式臨時實驗室外，真嗣自新地島帶回來的載體杖子正沿著圍繞實驗室與水槽設置的圓環線性軌道繞行。

望著其中某個監視器螢幕的年輕研究員露出詫異表情。

「那是量子流動傾斜儀吧？我看看。」摩耶說道。

相當特殊……卻大得誇張的頻寬圖表滿布抓痕線條。

「這是什麼的波動？只是量子等級的無秩序雜訊嗎？」

「流量真驚人……？我看過這種波形呢……簡直像是尼加拉大瀑布。」

所以到底是在哪裡看過的？

冬二插話問了句毫無意義的問題。

「尼加拉……是那種穿著雨衣渾身濕透的旅行嗎？」

「別太類推會比較好呢。畢竟思考傳達在這裡太流暢了，搞不好會因為一句話讓全員的對話偏往奇怪方向……」說到這裡，摩耶一頓。

「──對，就是穿著雨衣渾身濕透！」

她突然大喊。

「是喔？有實際體驗會不會滑嗎？」

「才不是指這個！是大家在調整量子波動鏡前渾身濕透了！」

既是超級ＥＶＡ誕生時的話題，冬二同樣勉強能夠參與。

為了確認整個過程，冬二忍住險些脫口而出的跳躍性提問與話語，循序漸進地道出當時的情況。

「真嗣一度死亡，初號機的Ｓ²機關掉進『另一邊』，並在形成高次元之窗後，差點引發第三次衝擊──咦？」

哐啪！冬二的腳鉤到了鋼椅。

「所以這是真嗣裸露的心臟……在崩解前的特異點波動？也就是說……」

「關於它的發生地點我們無從得知，畢竟是量子傳送的另一頭。」
儘管摩耶聳了聳肩，冬二卻興奮地探出身體。
「至少能確定這池子裡的QR紋章，至今仍與理應消失的超級EVA繼續連接著吧！」
「……然而假如是發生在這個時空裡……這種情況再持續下去會很不妙呢。」
當時穿著防護衣而渾身濕透的全體所員，可是全都做好迎接第三次衝擊的覺悟。
顯示器讀取到新的波形。「……這是嘯聲吧？」
「有什麼產生干擾的存在正靠近中呢。」

## ■旋轉大地

「——來了……」
黃泉比良坂的岩山上，零No.卡特爾與旁觀的EVA變異體及加持容器待在一塊，喃喃說道。
Heurtebise和決定跟這架歐盟EVA共同行動的0・0EVA特洛瓦機脫離地球的低軌道，兩架機體持續著趕赴黃泉比良坂的長時間加速。
伴隨加速振動，特洛瓦同樣察覺到了。「……來了！」

「哈——……哈——……」

真嗣喘個不停，拔出刺在Wolfpack腹部上的槍。

「為什麼……」照理說這樣就會褪去的生命之樹圖示，不知為何沒有消失。

——難道是打算以傚效尤嗎？……

各式各樣的發光象形圖示宛若巨大十字架，毫無反應的Wolfpack被釘在上頭。

為了避看這幅光景，真嗣繞到奄奄一息的Torwächter α1背後，以朗基努斯的分岔槍尖，夾住自明日香ＥＶＡ整合體背後如尾巴般伸入大地的轉移背板根部，「鏘！」隨即一扭。伴隨彷彿石頭碎裂的聲響，大地的枷鎖被切斷了。

他打算將一切因果留在那裡。而朗基努斯這次盡了職責切斷。

然而以朗基努斯切斷轉移背板後產生的重新接合，並未發生在真理的Wolfpack身上。果然是因為她的ＥＶＡ並非源自於人類吧。

黑色的Torwächter α1形體，漸漸恢復成紅色的Crimson A1。

隨著黃泉比良坂自轉，眼下這塊岩盤大地轉到了夜晚側。超級ＥＶＡ心臟所噴出的光芒，照亮倒地的明日香ＥＶＡ整合體。

「果然……明日香還是——適合這個顏色呢……謝謝妳……一直為我守護這顆心臟。」

注視她一會兒後，真嗣切斷自己——留在超級ＥＶＡ背上——的Torwächter背板。

胸口「滋滋」燃燒。頭上則是地球。

『真嗣！來了唷！』

突然出現的叫喚嚇了他一跳。

「希絲……為什麼——」真嗣總算注意到她的存在。

ＥＶＡＦ型零號Allegorica自黃泉比良坂對側越過稜線而來。

儘管她正打算奔向ＳＥＶＡ與被釘在生命之樹十字架上的Wolfpack，卻遭同樣越過稜線而背對她的載體發現。對手旋即轉身開戰。

『現在不准過來——！』

「妳才別過來呢！」

儘管誤會了希絲的意思，但真嗣只覺得是天賜良機，高聲叫道。

「希絲！快帶著明日香逃走！」

『——不是的，真嗣！黑色的……瑪……阿爾瑪洛斯要來了！』

體型遠超過它的巨大黑影宛如由地面冒出般，自超級ＥＶＡ身後站起。

# #6焦點收斂

## ■舊朗基努斯界面

『歐盟6號指揮艦橋呼叫Heurtebise與0・0EVA(MAGA)。請中止加速，準備進行新的轉移軌道機動。』

歐洲方的控制塔傳來令人意外的指令變更。然而如果這麼做，之前為了轉移至月球軌道上所提高的動能便全都白費了。

『Heurtebise(小光)呼叫指揮艦橋。先行的探索尋標器平安越過朗基努斯界面了嗎？』

『已確認沒有牆壁。然而要是依循現行計畫飛行，會在越過軌道之際撞上那輛失控列車。』

撞上朗基努斯？小光無法接受這個理由。

她們應該是以迴避那把繞行的槍，穿過其繞行縫隙的巧妙讀秒開始加速的。

『槍的繞行週期改變了。』

歐盟EVA與0・0EVA特洛瓦機望著月球與黃泉比良坂方向的巨大透鏡，正準備越過朗基努斯繞行軌道。

目前真嗣在黃泉比良坂上握著的槍，是三年前本部戰時，由其中一架量產型EVA帶來的SEELE複製品。原版長槍如今則像是要圍住地球，持續不斷地伸長至十一萬四千公里。倘若再伸長五萬公里，就會形成完全的環。

明明想快點趕到黃泉比良坂——特洛瓦聽著小光與地球的歐盟第六軍通訊，一面焦急起來。

No.珊克機在那個圓軌道上遭以秒速九〇公里襲來的槍瞬間破壞的影像，再度復甦於她的腦海中。

『原因尚在調查當中。現在將新航路傳送過去。』

『Heurtebise了解。』

「！」特洛瓦心不在焉地聽著小光與歐盟的通訊，突然驚覺某件事。

差點陷入回憶而忽略了。

——方才的是……？

零No.特洛瓦當時曾透過精神波鏡像連結，接收到No.珊克相距遙遠的最終思考，因此有著宛如親身經歷般的鮮明記憶。然而——

方才的影像卻是來自「外部」。

是從其他ＥＶＡ的插入拴裡望出去的視野……當時的同行者只有一人。

「這是第二適任者——明日香的記憶？為什麼……」

特洛瓦凝視前方。

朗基努斯軌道僅是一片虛空。她的視線焦點落在其後的巨大透鏡上。

「？」

沙沙……某處傳來了響亮聲響。

奇妙的感覺彷彿陳舊的收音機對上頻道、錯開頻道，又再度對上頻道。接著——

〈珊克——啊！〉

伴隨明日香的尖叫，０・０ＥＶＡ珊克機在眼前爆炸四散。

喧囂不止的，是與珊克一同越過界面時的明日香記憶。她悲痛欲絕的主觀記憶，接二連三地湧進特洛瓦的腦海。

『Heurtebise呼叫指揮艦橋。』

小光呼叫地球的管制室。

『槍的週期變化理由說不定在此！』

出現在憑藉慣性飛行的兩架ＥＶＡ眼前。

自右側闖入視野裡的寬長光線——朗基努斯之槍，以宛若不具運動質量的動作突然轉了一圈。

看上去就像是將遠方的透鏡給圍繞起來。

繞了兩圈後，槍便像是被解開的緞帶回到原本軌道上，朝著左側遠離。

「——那個透鏡……」

看來那個透鏡狀的空間扭曲與原版的朗基努斯有關。不，幾乎可以斷定就是那把槍造出了透鏡才對。

重振精神後，小光呼叫同伴。

「綾波同學，能進行轉移軌道的同步嗎？」

零（特洛瓦）沒有回應。

『小光，她的生命徵象不太對勁。』

歐盟方也注意到了特洛瓦的異變。

『這裡是NERV JPN箱根指揮所。』

日向的聲音突然介入通訊。好似特洛瓦不曾獨斷行動而無視命令，他繼續表示。

『NERV JPN呼叫與歐盟進行聯合作戰的0・0EVA。特洛瓦，發生了什麼事？遙測裝置顯示妳的腦波非常混亂喔。』

「聯合作戰……」美里附和了特洛瓦所編造的謊言。「我會太寵她嗎？」

這是兩回事吧——冬月說道。「不打緊。要是能活下去，再記得罵罵她吧。」

「傳來了潮位發生異常的報告。從太平洋上東南東方向朝這裡——」

「與黃泉比良坂異常加速有關？」

對於美里的詢問，青葉搖了搖頭。

「距離會影響潮汐的位置仍很遠。」

「與超級ＥＶＡ的通訊呢？」

「沒有恢復。但希絲機似乎能與ＳＥＶＡ通訊。」

透鏡向世人展現遠方黃泉比良坂上的情景。超級ＥＶＡ正扛著受傷的明日香與ＥＶＡ貳號機的整合體。而眾所矚目的是那道出現的黑影。

「怎麼了？」冬月問道。

因為美里突然轉過頭來。

「不——沒事……」

她總覺得好像看到了飄逸的金髮。

## ■滑落大地

「希絲！接住。」

上下顛倒切斷自己背上轉移背板——象徵Torwächter的證明——的朗基努斯後，真嗣的超級EVA便把石突端朝F型零號Allegorica投出。

他很清楚。

身後漸漸形成巨大塑像的，正是黑色巨人阿爾瑪洛斯。

況且他也明白——身體好熱。與真嗣共用心臟的超級EVA，正處於馬上就要爆發第三次衝擊的危險狀態。

『你在做什麼？』零No.希絲大叫。她是對真嗣當下放開朗基努斯這點提出質疑。

她的反應有其道理，真嗣也能理解。

「雖然是最強武器，卻也說不定是決定世界命運的備用鑰匙，總不能跟我一起消失吧……！」

『既然如此——回禮！』

F型零號Allegorica解開雙重掛架的懸掛鉤，取下掛在後方機動腳左側機翼懸掛架上的太刀孫六滅絕刀，朝真嗣拋了回來。

「謝啦！妳也帶著明日香——」

一起逃跑吧，在我化為一團光芒之前——他話還沒說完，黑影便先有了動作。

自巨大影子伸來的手掌上，突然矗起黑色柱子。

能任意伸長的攻擊逼得真嗣跳開。「咚！」玄武岩的大地代替他粉碎了。。

來不及將明日香ＥＶＡ整合體交給希絲，ＳＥＶＡ蹬向大地。

跳開的當下，真嗣注意到黑色巨人背上沒有背板。

背板最多兩片，與兩架同樣身為黑色使者的Torwächter藉由傳送迴廊相互連接。

由於方才他已用朗基努斯複製品斬斷將自己與明日香、ＳＥＶＡ與貳號機轉化為Torwächter的命運。眼下沒有背板這點，可以視作兩架Torwächter都不存在吧。

與天使載體交戰的希絲收下朗基努斯複製品，並基於這份重量而提出她按捺許久的疑問。

『你為什麼要刺真理？』

儘管貫穿真理Wolfpack腹部的朗基努斯複製品已被拔起，它依舊被釘在於黑色巨人身後斷崖壁面展開的生命之樹圖示上，動彈不得。

如今留在US EVA（Wolfpack）與真理身上的唯有群體生物本能，無法阻止真理捕食明日香的真嗣，迫不得已地用槍貫穿了她。

之所以把槍託付給希絲也是基於如此。眼下真嗣已有覺悟，正是像這樣逼迫自己的結果。他無法回答希絲的問題。

自己身上散發著燃燒的氣味。

再度降落到黃泉比良坂的大地前夕，ＳＥＶＡ將從希絲手上收到的武器掛架安裝至ＳＥＶＡ的手臂軌道──卻無法好好嵌合，只得強行扣上。

現在的超級ＥＶＡ並非呈現規格化設計的姿態，而是在突破敵對巨像Torwächter的鎧甲後，由本來徹底溶解的真嗣重新構成的自我形象。

是以無法重現標誌與注意事項等細節，至於毫無印象的內部恐怕只會更不正確。

正因如此，拘束器內部的量子波動鏡想必也不完整，無法遏止好不容易取回的心臟失控。

黑色巨人的左手伸出了另一根黑色柱子。左右柱子隨著手臂交疊而連接，形成帶有槍與矛特徵的寬長斧槍。

「！」

真嗣驚訝的原因在於他看到這一切時，黑色巨人早已逼近眼前。

它的姿勢幾乎毫無變化，宛如岩石大地不具地形起伏似的滑行逼近。

──接觸地面的雙腳處於轉移狀態嗎？

超級ＥＶＡ當場拔出太刀ＳＲＬ孫六滅絕刀，架開刺來的斧槍前端。

彼此領域相撞而產生激烈反應，刀刃隔著緊貼武器的領域砍在一起，看似起了氧化反應般地濺出火花。

為補完計畫失敗的世界拉下閉幕者。

「阿爾瑪洛斯……！」

這終究只是NERV JPN單方面為它取的代號名，沒人知道那架比ＥＶＡ大上一圈以上的巨人真名。

「該死！」

「咚！」領域爆發展開，連同周圍的岩棚將感覺比不贏力量的阿爾瑪洛斯給推開了。

這股驚人的能量來自於心臟開始失控的狂暴奔流。

眼下Ｓ ＥＶＡ無法控制自忘記跳動的心臟——那個一直開放著的高次元之窗——中流入的能量，全身裝甲的縫隙間開始噴出火焰、溢出粒子。

——又要被摩耶小姐罵了……

話說回來，我胸前的ＱＲ紋章現在怎樣了？

## ■舊中央核心區

「——也就是說，真嗣做了什麼會讓我罵的事呢。」

位於距離真嗣相當遙遠的地球，箱根地下舊中央核心區的臨時實驗室裡。

摩耶忍不住苦笑起來。

她聽得見真嗣的話。

ＱＲ紋章正吊在水槽裡進行活性實驗。真嗣連同化為鹽巴的ＥＶＡ一起消失，餘下這片黑色鱗片「嗡嗡」振動的表面上卻確實地傳來他的聲音。

「啪嗒！」冬二粗暴地推開實驗室大門衝出去，一口氣衝上實驗水槽的階梯，接著便朝在超純水水面上「咻咻」形成波紋的ＱＲ紋章叫道。

「真嗣！你的ＱＲ紋章在這裡唷！你到底跑到哪去了！」

就連冬二也覺得自己這麼做很蠢。

水中那個黑色巨大鱗片的表面——在活性化後較往常更為閃耀的紅色紋樣——卻晃動起來了。

〈冬二？——不可能吧……〉

「……喔——喔喔喔！」冬二感動不已，轉頭看去。儘管隔著實驗站防爆玻璃望見的摩耶同樣一臉驚訝，但她隨即就斂起表情，點了點頭。

「哪有什麼不可能啊！我就是那個冬二先生啦！真嗣，你人在哪裡！」

〈真的假的？我目前似乎正位於月球與地球之間的小行星上……咦？希絲，妳說的『夜面比良山』是什麼啊？〉

「應該是黃泉比良坂才對吧……等等，你說什麼？」

這個實驗領域會活性化內部的一切信號傳播，相對地卻會與世隔絕，無法得知上方指揮所的情報。冬二直到現在才得知小不點零No.希絲的生存。

「這樣啊……真嗣和希絲都……太好了……！」

〈聽我說，冬二！〉

真嗣不給他感慨的時間。

〈我就快撐不住了──大概會引發第三次衝擊。〉

冬二的肩膀顫了一下，但並不驚訝。這跟在此觀測到的瀑布狀波形資料早已導出的未來吻合。

〈明日香也在這裡……雖然是整合體的姿態，但已經不是Torwächter嘍。真的不行的話，我會把她從這顆行星上拋出去。〉

生存喜悅瞬間化為末日預告。開始推測狀況的摩耶望見窗戶外的冬二揮著手，一面指著什

麼。

他指向實驗空間外。這個產生的圓錐空間受到領域影響，無法看清外部。

不過仍能看出有著明顯的身體特徵與髮型的人物，正沿著莉莉斯帶走圓形部位的建築結構邊緣走著。

「──明日香……！」

將雙手交握在背後而邁步的她，正仰望著什麼。

──她在看已經消失的時間停滯球……這是莉莉斯還在這裡時的她嗎？

明明沒有風，頭髮卻飄逸飛揚的明日香。

那道身影宛如分光般模糊起來，隨即越過領域界面，在衝出去的科學部工作人員以手持觀察機對準她之前消失了。

實驗室內突然鼓譟了起來。摩耶按下作業聯絡用的揚聲器按鍵。

「──真嗣？她本人來到這裡嘍！你那邊的整合體……明日香有發生變化嗎？有沒有失去什麼，抑或是灑出什麼來？」

〈──她正在緩緩地……溶解……〉

真嗣的聲音反應他似乎現在才注意到這點。

「咦……？」

〈溶解到宇宙裡了！為什麼……她的確被Wolfpack噬咬而遭受重創，倘若不以Ｓ　ＥＶＡ攙扶便無法動彈……但直到方才都沒有發生這種現象──〉

──溶解……溶解出來？

如今的明日香ＥＶＡ整合體擔負著超出自身容量數千倍的生命情報，與其說是ＥＶＡ，更可以說是情報集合體本身……假如方才的現象是她溶解出來的一部分──

「或許她已經維持不住自我界線了……」

〈怎麼會……我該怎麼做？〉

「真嗣，你絕不能離開她身邊！你必須透過超級ＥＶＡ的領域，憑藉自身印象想像明日香……！」

〈其實──我正與阿爾瑪洛斯交戰，根本辦不到這種事啊！況且我的身體也──〉紅色紋樣浮現於箱根地下響起遠方真嗣話音的ＱＲ紋章表面，看似難以平靜地閃爍著。

■真嗣

真嗣以孫六滅絕刀往上方彈開斧槍刺出的前端，鑽了過去。

每當黑色巨人揮出斧槍，在它鎧甲表面上的複數ＱＲ紋章便會泛起紅光。
無論距離多遠，被植入這塊量子傳送門者都會持續接收到阿爾瑪洛斯的能量，同時也能行使它的力量。
因此才會無法回頭而深陷。
由於就連核心未達啟動標準的ＥＶＡ素體都能啟動ＱＲ紋章，人類方現在有好幾架以精神汙染為代價，或是採取避免汙染的迴避手段，積極地利用ＱＲ紋章的ＥＶＡ。好比說歐盟的Heurtebise，以及美國的Wolfpack。
而在心臟被奪走的期間，超級ＥＶＡ與真嗣同樣是靠著ＱＲ紋章維持生命。
——雖然眼下它成了紙杯電話。
即使如此，情況依舊是處於它的掌控下吧。黑色巨人毫不在意被敵人利用這點。人類是它整頓處理的對象，甚至不被視為敵人。
阿爾瑪洛斯撥開有著矛狀刀刃的孫六滅絕刀。當刀尖劃過其領域之際，斧槍尾端的石突交錯似的揮擊而來。
——糟糕，明日香會被打中的……！
「——呃……！」
為了不讓對方的攻擊擊中她，真嗣以抱著她的手臂擋下攻擊，結果被一擊打斷手臂。

裝甲的裂縫噴出大量火焰，散發金光的粒子宛如熔岩般湧出。

然而真嗣（超級ＥＶＡ）依舊沒有放開明日香ＥＶＡ整合體。

——不過是這點程度！

他以右手的孫六滅絕刀刀柄，敲碎守護胸口心臟的最終裝甲——中央三角。

藉由自行加速決堤取出更多能量的他，以開始失控的領域固定無法施力的左手。

## ■ＥＶＡ變異體

「去追那個四腳的。」

被SEELE吞噬精神的加持容器命令綾波零No.卡特爾。

「要追No.希絲的新型Ｆ型零號機？」卡特爾藉由刻意反詰取代抗命。

「沒錯，得奪回朗基努斯複製品才行。黑色巨人將與碇的兒子戰鬥看得比槍還重要，不懂我們為了製造那把槍究竟費了多少工夫。但這是個機會，畢竟那是我們的東西嘛。」

加持曾一度捨棄他稱為「碇的人偶」，零系列的No.卡特爾。

儘管後來他為了啟動當成代步工具的ＥＶＡ變異體，操控撿來的No.特洛瓦擔任駕駛員，卡特

爾卻特地回過頭來代替特洛瓦。

即使不客氣地稱她為人偶，他卻並非沒想過。

——這個人偶究竟打著什麼主意？

「別越過斷崖。沿著邊緣低空飛行，逆時鐘繞過去接近標的。」

ＥＶＡ變異體卡特爾機受ＱＲ紋章影響而徹底質變，有著自天使載體搶來的翅膀。它離開岩山後方，開始行動。

它原是特洛瓦機的同型機，現存三架的宇宙型０．０ＥＶＡ一號機。

然而與其右手融合的伽馬射線雷射砲，在蘋果核的戰鬥中被真嗣的ＳＥＶＡ連同手臂一起砍下了。

「沒有武器喔。」

「借那個來用吧。儘管不清楚來歷，但至少能拿來揮舞吧。」

加持以下巴指著真嗣在覺醒前丟棄的東照大弓。

卡特爾機以僅存的左手拔起刺在岩石大地上的那把大弓。

「觀測不到電力潮流……儘管材質強度相當高——怎麼了嗎？」

加持的容器皺起眉頭。

「我總覺得好像看過這把弓……不對，外觀不一樣呢——」

ＥＶＡ變異體低空飛行，一面揮起那把超過身高的大弓，機體跟著大幅搖晃了起來。

以單手持有而言，這把弓實在過於巨大，也太重了。

「既然要進行格鬥戰，我就注滿ＬＣＬ嘍。」

## ■背神之弓

只餘單手的薩哈魁爾載體追上希絲機，那看似不過是巨大手掌的手指接二連三地分離，以猛烈速度衝來。

希絲機以攜帶的磁軌砲(Powerd 8)一一擊落這些手指。

零No.希絲之所以會出現在黃泉比良坂上，並非為了投入作戰，而是遇難漂流過來的。

是以至今為止，她都進行著能省則省的持久戰。

這同樣是她甩開好幾架載體追蹤，甚至連對上被No.特洛瓦來自地球軌道的狙擊炸掉一隻手的薩哈魁爾載體，都依舊東躲西藏而不赴戰鬥的理由。

「從現在開始，我要全力以赴嘍～」

她邊將一個彈匣射光，邊一口氣地拉近距離。

接著，她以在衝刺期間充電完畢，裝設於F型零號Allegorica右側機翼上的長管砲——領域侵攻銃〈天使脊柱〉開砲。

薩哈魁爾僅剩一隻的手臂中心，有著很適合當靶的三重圓形紋樣。這擊射穿了紋樣中心。

「結束了嗎？」

就在此時，零No.希絲注意到自背後接近的ＥＶＡ變異體。

『卡特爾？妳怎麼會在這裡？』

冷不防地被指名道姓的卡特爾嚇了一跳。她明明有著能偷偷欺近希絲身邊的自信。

——是ＳＥＶＡ放置架裟羅與婆娑羅的懸掛架上設置的那個感測器嗎……！

儘管巨大，構造上卻非常薄的薩哈魁爾手臂被射穿，完全喪失支撐力道，隨即化為長邊超過一〇〇〇公尺的布狀薄膜，自希絲機上方崩塌落下。

那片薄薄的手掌，就在希絲機上落下大大的影子，「啪」地覆蓋上去。

「哇——」

薄膜卻在蓋住F型零號Allegorica的瞬間，宛如肌肉般抓住希絲機，試圖捏爛它。接著——

滋！

突然刺來的尖端，連同薄膜貫穿了希絲機。

量產型ＥＶＡ屍體（載體本體）以杖狀武器尖銳的石突端，將薩哈魁爾的手掌與希絲機一起刺穿。

薄膜內側傳來希絲的聲音。

「之前一直找不到你的位置呢，老是躲在手掌後面——」

「唰！」將希絲機宛如晴天娃娃般掐住的薩哈魁爾手掌被切出圓形。

自滑落的薄膜下現身的Ｆ型零號機，在胸前以左手高振動粒子刀上產生的絕對領域，擋住載體戳出的杖狀兵器前端尖刺。

看似將積木連結起來的環圍繞在零號機周圍。

擋下試圖壓爛希絲機的力量，將薩哈魁爾的手掌連同其領域環狀切開的環，像條蛇般扭動變形，以前端刺刀貫穿載體左肩的ＱＲ紋章。

那是〈天使脊柱〉的槍管。

〈天使脊柱〉的砲擊系統全長與過去相比沒有多大變化，然而再度接上零號ＥＶＡ廢棄軀體的脊椎後打造而出的槍管，長度達到試製機的三倍。

這樣的修改關係到發射重粒子的初速增強，以及滲透型絕對領域的強化延伸。一旦由固定槍管方向的右側機翼槍管套往下卸除，便能像尾巴或是蛇任意動作。

而槍管前端的刺刀此時正扎在載體的ＱＲ紋章上。刺刀在下一瞬間扭動深入，粉碎了那塊紋章。

儘管載體退開身體，〈天使脊柱〉的槍口卻在其碎裂的左側懸掛架中改變方向。

「The～End of……什麼來著啊？」

「砰！」〈天使脊柱〉將槍口抵在載體後頭部上開砲，並隔著頭部一起粉碎了對側的ＱＲ紋章，解決薩哈魁爾載體。

相較於特別強化長距離支援的舊Ｆ型零號機，成為Ｆ型零號第二裝備的Allegorica版本因為獲得了移動力，相對具備至今為止所沒有，遭遇戰也通用的格鬥性能。

「呼～～」

希絲撿起掉在地上的朗基努斯複製品，將它固定在左側懸掛架上。

「那孩子的機體意外強悍喔。」

卡特爾老實地向加持道出感想。

「沒辦法，試著以ＱＲ紋章活性化這把大得誇張的弓吧。」

這對卡特爾來說是個不愉快的提議。經由ＥＶＡ連上ＱＲ紋章會相對使她感受到痛苦，並窺看到阿爾瑪洛斯的黑暗。

「……！」

然而此時她所望見的卻非平時的黑暗。充滿溪谷的無數ＥＶＡ互相廝殺，是她首次看到的光景——不，她曾在不久前看過這個光景的「結果」。

——內臟型岩石散亂整面、巨像群林立。縱使隔著一個世界的時間，卻依舊殘留的執念化身，即是北非的……「人體之谷」。

在這場戰鬥最後登上頂點的巨人是——

「似乎行得通。」加持容器的聲音令卡特爾回過神來。

她迅速望向顯示器。「確認電力潮流。我試著與ＦＣＳ同步。」

與此同時——

能量係數瞬間飆升，連同他們與ＥＶＡ的靈魂也一併被吸走。

希絲望見以衝鋒路徑接近的卡特爾機。

「給我等等，卡特爾！妳靠近的話我會開槍喔？因為妳的ＥＶＡ顯示為敵對圖示！我可是很強的唷！」

希絲天真無邪地以鼻子「哼哼」兩聲，旋即發出宣告。Ｆ型零號Allegorica擺出備戰姿勢，〈天使脊柱〉再度開始充電。

「什麼……！這把弓……！」

既無法停止，也放不開手。

別說是能量，感覺就連機體結構與卡特爾他們的精神都一起被束照大弓轉化成能量吸走了。

——意識遠去。

他們正逐漸陷入同於超級ＥＶＡ在箱根遭遇的狀況。然而加持依循方才的懸念，聯想到印象中的那把弓。

「這把弓——！……是薩克雷加斯嗎！究竟是在哪裡找到這種東西的——人偶，快把弓立在大地上，連接地下迴廊！」

「如果停下來，會被幹掉的……！」畢竟戰鬥已經開始了。

「倘若——」這件武器竟讓SEELE的容器驚慌失措……

「倘若不做，背神大弓的能量吸收會連同我們一起吸收啊！妳想變成無法言語的鹽柱嗎？」

ＥＶＡ變異體故意露出破綻。

「得手了！」希絲受到這個破綻誘導，擊發〈天使脊柱〉。

滲透型絕對領域的射線擦過ＥＶＡ變異體卡特爾機肩膀。儘管卡特爾進行迴避，側頭部卻遭到從旁擦過的重粒子拖曳燒灼。

「——呃！」

她爭取到對方再度充電完畢前的時間，往後方跳開，讓大弓的劍狀下端「嘎吱嘎吱」接觸大地——接觸點立刻化為轉移狀態，手感變得滑順不已。然而卡特爾機只有左手，光是舉弓便已竭

盡全力──

「右手用想像的就好，別給我射中朗基努斯之槍啊！」

在加持聲音的指示下，ＥＶＡ變異體以不存在的右手拉滿弓。

綾波No.卡特爾在座椅上挺背做出拉弓動作，右手承受龐大的反饋力道。

「──好重……！」太重了──這並非ＥＶＡ用的弓，而是比ＥＶＡ更加巨大的──

她以左手握住握把。三個光點在上下兩側設置的電網間排成一列，隨即化為光之箭矢──

「發射！」

感覺就像將某種由遍布地下的樹根流入的龐大能量發射而出。

希絲機逃過了這一擊。而她的後方──應該是Wolfpack被釘在生命之樹上的方向──則連同岩山被轟掉。

──這是……

「……這種將傳送迴廊本身作為動力設備的兵器……是補完計畫的備品嗎？還是你們SEELE──」

ＥＶＡ變異體蹣跚地向後退開。

她放開了弓。只見呈放射狀龜裂的縫隙在大地上噴出高熱氣體，其中心處插著東照大弓。

不只是卡特爾，就連加持的容器也喘個不停。

「這並非根據神話誕生的武器，也不是出自我們之手的存在。它是……」

黑色巨人的鱗片——ＥＶＡ變異體胸口上的ＱＲ紋章冷不防地振動起來。

〈話語〉由卡特爾口中流瀉而出。

「……那——是……我的武器——」

「是啊。」加持的容器肯定了卡特爾所代言的巨人話語。

真嗣望見那把弓的閃光，想起自己也曾被同一道光波及而打了個寒顫，並察覺ＥＶＡ變異體的存在。

「卡特爾——加持先生也在嗎！」

超級ＥＶＡ轉頭望向大弓的這道光擊，旋即被阿爾瑪洛斯給撞開。

「糟糕……！」

然而他並未繼續受到攻擊。

黑色巨人高聳的龐大身軀轉向東照大弓。

——剛剛那個巨人說了些什麼？

〈那是我的武器。〉

希絲有稍微感應到宛如自言自語般重複的〈話語〉，真嗣也聽見了。

〈話語〉闖進腦中，漸漸質變成能夠聽見的〈聲音〉。

〈那是我的弓啊。〉

「！——開什麼玩笑……！」

真嗣的驚訝之所以泛著怒氣，並非只是被心臟開始失控的高溫熱得神智不清，而是阿爾瑪洛斯發出的〈聲音〉，居然偏偏是他的聲音。

## ■真理

斷崖在東照大弓的射擊命中下嚴重崩塌。

跟著被轟飛的Wolfpack像是醒來似的顫了一下。

儘管無法確定是刺穿US EVA（Wolfpack）的槍並未傷及核心，抑或自明日香身上捕食而來的龐大生命情報成了誘餌引開傷害，總之真理仍有呼吸。

然而將半獸半機的US EVA釘住的生命之樹發光圖示，卻沒有解開。

與此同時，發生了被東照大弓擊中後的物體消失現象。理應擴散開來的各種碎片遭射線吞沒，逐漸消失。

Wolfpack掉入那個空間，一面彷彿要撕裂全身地亂動掙扎，卻掙脫不了。

「嗚嚕嚕嚕……！」

真理發出低鳴，圍繞在腰上的雷米爾的粒子加速環瞬間縮小——

「——嘎啊啊！」

Wolfpack以縮小的光環將仍被釘在生命樹式上的下半身親自切斷。

她盡可能地解放凝聚在雙手上的力道。打散迎面飛來的無數碎片後，真理與Wolfpack背對跳離了這個正簡併化的空間。

她尚未達成目的。

■阿爾瑪洛斯

真嗣將溶入宇宙，漸漸喪失形體的明日香EVA整合體扛在肩上，追逐著黑色巨人。

他十分清楚那把弓的力量。倘若交到阿爾瑪洛斯手上，絕不會有什麼好事。

儘管緊緊追逐著它，他卻仍不經意地傾聽起「沙——」的雜訊。

畢竟隔著雜訊斷斷續續傳來的阿爾瑪洛斯話音，竟然是他自己的聲音。

〈我是——〉

並非一如往常的宣告，聽起來反倒像是能感受到情感起伏的個人言語。

『為什麼它用真嗣的聲音在說話啊？』

希絲問道。至今阿爾瑪洛斯都是以接收訊息者的知識與言語紡織成話，其本身並未發出聲音

——就連在希絲耳中聽來也是真嗣的聲音嗎？

「不是我，那不是我，別搞錯了。」

『我知道啦……！』

〈沙……揮所……請回答——〉

「！」——這是聲音樣本嗎？

他正在製造混亂？不——

照理說這架巨人並未以個人單位看待人類——理應沒有才對。

見卡特爾機放棄東照大弓，黑色巨人正欲伸手拿起這把弓，超級EVA卻往它前方迂迴衝了過來。

「噹——」超級EVA踢飛大弓，轉身以孫六滅絕刀往上彈開阿爾瑪洛斯伸來的巨大手臂。

——沒辦法砍斷嗎！

正當阿爾瑪洛斯作勢將左手的斧槍刺向S EVA之際，希絲機邊以Powerd 8進行制壓射

擊……

『要我將那把弓拿去扔掉嗎？』希絲問道。

「別碰它，畢竟不曉得會發生什麼事！」

與希絲通訊的當下，巨人的聲音再度傳來。

〈嘎——現沙……正與外觀貌似ＥＶＡ的Unknown交戰中……那是帶著機翼的ＥＶＡ……與零號機與初號機葉狀幼體期的形態相似——〉

——？它所說的該不會是我們吧——

希絲述說起自身觀測的結果。

『它正邊轉換頻率邊說話，然而無論哪個呼叫頻率都是錯的。ＡＩ推測它說不定是以十二進位計算分配的頻寬。』

〈咻——到底是怎麼了……能同時看到Terra與Luna！美里小姐——快回答我啊！〉

觀察到最後，希絲喃喃說了句。

『這個「真嗣」……迷路了——』

受到動能衝擊的阿爾瑪洛斯將希絲發射的磁軌砲高速彈體在領域上化為離子，並於起身後把斧槍在頭上轉了一圈。

銳利槍尖反射著光芒。

奇妙的是，那道槍尖的殘像留在半空中，總數共計三十六把。

『什麼……？』

下一瞬間，槍尖朝四面八方飛出。

槍尖以黑色巨人為中心擊中周圍的岩石大地。「咚！」岩石表面炸開，沙塵形成環狀牆壁。

「希絲！妳還好嗎？」

『被擦到了！左後腳損傷……明明就有護盾啊！——又來嘍！』

緊接在「嘎吱嘎吱」因為雜訊缺損的希絲話音後，光之槍尖再度落下。

「噹！」ＳＥＶＡ以揮出的太刀彈開飛來的光之槍尖。

正值此時，照理說幾乎動彈不得的明日香ＥＶＡ整合體在Ｓ ＥＶＡ的肩膀上挺起上半身，向後仰去。

「明日香，快趴下！妳會被打中……」

真嗣以側眼瞥見她的身影，一道扭曲的影子正覆蓋在她的輪廓上。

尖牙深深咬進她細長的脖子。

利爪用力陷入她纖細的肩膀。

「——！」

Wolfpack只餘上半身的襲擊，來得既快且突然。

注意力被巨人突然開始的全方位貫穿轟炸給引開，導致希絲來不及發揮自豪的感測能力，真嗣也太慢注意到自後方接近的異形存在。

在宛如被延長的時間裡，撲來的大質量使明日香ＥＶＡ整合體的軀體緩緩地倒向前方——倒向轟炸碎片與沙塵當中，摔落地面。

「啊……——啊……！」

紅色生命粒子飛散開來。

真嗣一瞬間無法好好地發出聲音，過於意外的發展讓他的喉嚨變得乾啞。

本以為只要滯留在明日香之中的過剩生命情報消失，她便能恢復原狀。

然而這個狀態實在維持得太久了。

以飽和形式取得的穩定遭Wolfpack打亂。而當那樣的穩定受到方才再一次的襲擊動搖之際，失去平衡的巨大高塔將會變得如何？

被推落地面的明日香ＥＶＡ整合體並非另一具身軀，而是數千粒子的集合體。粒子間的連結隨著它在大地上彈起而斷開，並於再度落地的當下粉碎四散。飛散的紅色粒子沒有落到地面，而是宛如被捲走般地飛揚。

「嗚哇啊啊——！」

為了收集這些粒子，超級ＥＶＡ拚命地揮手抓著空中。

『真理！』

真嗣的叫喊讓希絲注意到異變……

她望見只剩下上半身的Wolfpack，追隨先行粉碎的明日香一同粉碎的畫面。

不知是失去半身的關係，還是因為她根本耐不住奪來的大量生命情報。

抑或她已實現了夙願也說不定。粉碎而狀如原貌的粒子化狼王輪廓消散之際，彷彿正望著呼喊自己的希絲。

『……很像撲火的飛蛾呢，真理……妳真的吃了明日香嗎？……可是她太大了……』

「嗚、嗚嗚……嗚、嗚哇啊啊啊啊啊啊啊啊啊啊啊啊啊啊啊啊啊啊啊啊啊啊——！」

宛如湧現自地底的慘叫。

超級ＥＶＡ突然朝後方展開光之翼。

『哇！』

光之翼的展翅伴隨著猶如衝擊波的波動，將希絲連同Ｆ型零號Allegorica撞飛，使這座宇宙之島震鳴起來。

Wolfpack只餘上半身的襲擊，
來得既快且突然。

光之翼沿著黃泉比良坂的地面不斷延伸，貫穿轟掉了聳立在遠方稜線上的山脈。

「啊啊啊啊啊啊啊——！啊啊啊啊啊啊啊啊——！」

別說是平息下來，真嗣的慘叫甚至響徹整個黃泉比良坂。

『真嗣……！碇同學！——聽不見嗎？我該怎麼做才好！特洛瓦！卡特爾也行，快想想辦法啊——！』

小不點綾波零No.希絲束手無策，忍不住呼喚起姊妹。

當真嗣留在箱根的QR紋章突然異常振動起來之際，冬二與摩耶同樣聽到了他的慘叫。

「位能——極大！」

「真嗣！」

身在指揮所的美里隔著天空的透鏡，望見展開的光之翼正不斷擴大。

「真嗣！」她忍不住握住父親遺留的十字架。第三次衝擊揭開了序幕。啊，沒想到居然會再度看到這幅景象。

「黃泉比良坂上發生異常！」

「看也知道……！」

遭冬月反駁的日向並未因此而退縮。

「不，是黃泉比良坂由其中一側……從面向透鏡的方向開始消失了！」

「你說什麼？」

「該死，開始了嗎……！」

明明飛在空中，插入栓卻「咯嗒咯嗒！」搖晃不止，裡頭的加持咂了聲舌。No.卡特爾的0．0EVA變異體跟丟了搬運朗基努斯複製品的希絲機。

卡特爾機在激烈的波動中尋找她的身影。然而接在兩片廣幅展開的光之羽翼之後，新伸出的兩片羽翼貫穿了大量捲起的岩石碎片，差點波及到它。

猶如暴風般擴大的波動粉碎了地形，攪拌起來。當它逃進仍保有形狀的岩石背後時，能看見尚在觀測圈內的阿爾瑪洛斯。

倒在地上的東照大弓宛如影片倒帶般地立起，隨即像是回到應有的模樣，握把落到黑色巨人手中。

黑色巨人卻並未因此冷靜下來。

〈沙沙……NERV本部——請回答。〉

迷途者仍以真嗣的聲音呼叫著。

「今後也該稱呼黑色巨人為碇同學嗎？」卡特爾問道。
「直到穩定器復活為止。」
「穩定器……？」
突然間，阿爾瑪洛斯背上伸出了兩道肉芽。
當肉芽刺到地面上之際，已成長為一如過往的石版狀形態。
阿爾瑪洛斯的背後緊接著自地面長出兩條黑色藤蔓。
彷彿鬆開緊緊捆成一團的黑色帶子般，各條藤蔓前端散成一條條帶子，並在再度捆起時變成兩具黑色鎧甲。
「那是……Torwächter？」這是它們的誕生過程嗎？
Torwächter便是加持所說的穩定器？兩架Torwächter站在阿爾瑪洛斯前方。然而它依舊混亂，右手粗暴地掐住其中一架Torwächter的脖子。
儘管毫不抵抗地垂下手腳，那架黑色使者——Torwächter卻以猶如錄音嚴重劣化的聲音說道。
〈和我合而為一——〉
豈只是耳熟的程度。
「！……為什麼？」
「沒什麼好問的吧。那是妳的聲音喔，人偶。」

宛如表示著「正如妳所聽到的。」加持的容器回應驚訝的零No.卡特爾。

「所以我才問為什麼！」

「哎呀，妳就看著吧。」

另一架Torwächter踏出步伐，朝阿爾瑪洛斯走近一步。

這次，它以明日香的聲音開了口。

〈和我合而為一——〉

雖然是「嘎吱嘎吱」地混著雜音的失真音色，話語毫無抑揚頓挫可言，但那確實是她的聲音。

「妳懂了嗎？」加持問道。

「……不懂……」

加持露出苦笑，微微聳了聳肩。

「所謂的男人心可是能靠著妳們的聲音渡過數萬多年的時間喔。妳該試著理解一下。」

唯獨此時他的微笑看起來不像是出於SEELE的意志，而是加持本人。

「那個世界——亦即有無數巨像在〈人體之谷〉交戰，發生過EVA大戰的世界——的妳與明日香似乎在那場大戰前夕就死嘍……它們只不過是轉錄那個模樣的無魂之影。儘管如此，妳們的話語依舊能讓他平靜下來。」

也就是說——也就是說，這到底是什麼意思？

「阿爾瑪洛斯是那個世界的勝利者……」

——也是那個世界的碇同學……

矛盾產生了。除了身為協助者的SEELE，沒人能前往下一個世界，不是嗎？

兩架Torwächter自左右兩側扶起阿爾瑪洛斯，三架巨人宛如溶入地面般地消失，離開這塊逐漸化為光芒粉碎的浮游大地。

「如此一來，『那個真嗣』的意識便會再度陷入長眠，只剩下會忠實執行交辦工作的代行者。」

卡特爾按下通話鍵。

「希絲，妳在哪裡？萬一出事的話，就將朗基努斯複製品丟向地球吧。」

「！妳在自作主張什麼——」加持的容器雖然抗議著……

「不能讓那把槍在即將開始的第三次衝擊中心毀掉吧？」

卡特爾回道。

「所以得製造還能再回收的機會才行。我判斷這次該撤退了……？」

插入拴內的虛擬顯示器上，展開了受到真嗣所引發的第三次衝擊影響，電磁波、放射線、重力波等各式波動開始毫不留情地肆虐黃泉比良坂的景象。

「況且……」卡特爾說道。

消失現象在這塊漂流大地發生。一座山脈轉眼間像是進行了光譜分光般，朦朧地化為七彩光芒消失，使山脈對面的透鏡看來十分清晰。

視野突然變得很好，讓加持的容器也挑起單邊眉毛。

「──哼……也對。」

看來裡頭的SEELE妥協了。撿起阿爾瑪洛斯拋下的斧槍後，ＥＶＡ變異體追隨著黑色巨人，由即將颳起風暴的剝離大地轉移離開。

## ■移動的異變

儘管青葉覺得相比透鏡對面發生的事情，這只是件小事……

「姑且告知一下……」他先這樣起了個頭，旋即向冬月表示。

是方才曾報告過的海平面上升後續。

「那似乎發生在與黃泉比良坂和透鏡呈直線距離的海面上。」

那片隆起的海面看似正往日本——正確來說是位於地球表面上的日本——方向移動，在自轉下朝宇宙的漂流大地與透鏡的直線位置一路衝去——有種不好的預感。

「呼叫特洛瓦機，告知她狀況。」

## ■聚合

在透鏡的地球側，0・0EVA上的特洛瓦因為突發的劇烈胸痛，蜷縮在中央控制台上。

痛——不對，是熱……？

過去希絲曾用放大鏡惡作劇，讓陽光聚焦在特洛瓦的手掌上。

此時的高熱比記憶中的感受還要強上數千倍，承受不住的她忍不住拉開戰鬥服的拉鍊。

不，不只是熱，還有不知從何硬擠而來的存在感內壓。

——有什麼跑進戰鬥服裡了！這便是她湧現的印象。

光自敞開的戰鬥服內側滿溢而出。

「奧利哈鋼纖維在發光……！」由於並未預期這種發光現象，驚慌失措的特洛瓦連忙脫起戰

鬥服。她在ＬＣＬ的流動中瞬間褪下戰鬥服，從腳上拔起後拋出它。

彷彿正等她這麼做般，紅光粒子穿透虛擬顯示器的螢幕，由四面八方聚合過來。這是現實？還是虛擬顯示器故障了？

這些粒子聚焦在戰鬥服內，耀眼得令人難以直視。從地球方向自背後穿過特洛瓦身體而來的，是眺望著莉莉斯的時間停滯球走動的記憶情報。而強行拉著特洛瓦逛街的記憶，讓她忍不住露出微笑。

「明日香——聚集起來了……」

這套戰鬥服本是為了已中斷的明日香打撈計畫所製造，能夠重現她的身體特徵。緊實感回到飄盪於ＬＣＬ中的戰鬥服裡，在填滿內部後苗條地伸展開來。金髮盛開在戰鬥服的衣領上，隨著ＬＣＬ的流動描繪著風。

特洛瓦忍不住伸出雙手接下那樣的存在。伴隨ＬＣＬ的流動，手上突然感受到阻力——有著確實的重量。

宛如由聚焦的光芒中抓出來般，明日香抱著一個孩子。

特洛瓦對她有印象。

——真理……？然而若是真理，頭上應該會有動物的耳朵……

「……０・０ＥＶＡ特洛瓦呼叫箱根ＣＰ……」

她忍不住呼叫起自己違抗命令，以結果而言算是背叛的NERV JPN。

「疑似NERV JPN的ＥＶＡ第二適任駕駛員惣流．明日香．蘭格雷之生物體在空間透鏡的聚焦空域……以運用測試中的奧利哈鋼戰鬥服為容器出現在戰鬥服裡……與另一名生物體皆具備生命徵象……請指示……」

——發生了什麼事…？
綾波同學！妳說明日香出現了是什麼意思!?
倘若在10萬km外的黃泉比良坂上被捕食飛散的明日香，經由空間透鏡聚合在這裡…
倘若吞噬不完情報而自毀的真理聚合在這裡…
不能讓她們出現在此！

黃泉比良坂！
完了…！月球的剝離大地已來到地球眼前！
過大的質量墜落。
還帶著正要開始的第三次衝擊…！
真嗣！碇同學，回答我！

好藍…！
感覺在哪見過這種藍…
天空!?
為什麼天空會!?
是透鏡唷！
月球附近的這座小島化作粒子…
在地球的眼前聚合起來了！就像讓陽光聚焦一樣！

意識已模糊不清。
不，還有什麼才對…
敵人…應該有敵人。
阿爾瑪洛斯
怎麼了!?
轉移嘍。
不曉得跑到
哪裡去了。
妳說什麼!?
別想逃！
從轉移空間構造中
強行打撈
出來了!?
一切的元凶…

天秤除了我的死，
要是另一側
不放上你…
——實在太不划算了！
目視到超級EVA。
受到光之翼領域彈開
而無法接近！
再生了呢，形體也是…
是阿爾瑪洛斯的墨綠？
看來以透鏡
重新構成的
影響尚未…

挖掘武器的原本姿態？
是叫…薩克雷加斯嗎，零No.卡特爾？
妳與SEELE加持良治有好好逃走了呢。
你想做什麼!?
呀啊！
零No.希絲，妳快走吧！
我能一起戰鬥！
不行！妳會被波及的。
我會試著用這顆心臟粉碎時的能量，以及第三次衝擊的力量擋下黃泉比良坂。
真嗣會變得怎樣啊？
零No.特洛瓦呼叫S EVA。

明日香總算恢復成人形了。
多虧了透鏡，她的情報聚集在此──0．0EVA的插入拴裡。
她正睡著…很溫暖喔。她的旅程結束了。
──這樣啊……
來吧，再以我的聲音講話啊！
陪我到最後一刻吧！

# ＃7衝突軌道

■箱根NERV JPN

美里強行穿過亂成一團的所員們，衝上露台。理應在此的步哨也離開崗位，拿起雙筒望遠鏡窺看。

儘管仍在大氣層外，外輪山上卻能望見黃泉比良坂以漆黑影子削去飄著白雲的藍天一角。同時也能明確看出，試圖阻止那塊剝離大地落下的光之巨人正是超級ＥＶＡ。

看到這種景象，任誰都冷靜不下來吧。

「……居然這麼大……——不過……」

在周遭的混亂中，第二次衝擊的唯一生還者感受到不對勁。

過去她所目睹的光之巨人除了ＥＶＡ的輪廓，只辨識得出應該是雙眼部位的模糊人形。

現在那副姿態又是什麼？巨人儼然是真嗣的另一具身體，維持超級ＥＶＡ的形態化作光之巨人。

──真嗣，我能認為你……認為你的意識還在那個姿態中嗎……？

「沒、沒救啦！」年輕的警備部人員驚慌失措地跑開。

究竟該忌諱，抑或該相信光之巨人？

無論如何，事到如今，人類早已束手無策。

即使投入阿登鐵鎚、超重N²彈、伊克力斯的標槍等人類所擁有的一切戰力，依舊無法阻止那塊大地落下。

風十分強勁。太平洋上自東南方移動而來的異常潮位，也開始將大氣往上推擠。

轟鳴聲斷斷續續地響徹於風中，戰自的航空器陸續從本部南方的大觀山機場起飛離去，或許是預測到墜落地點即為此處吧。

「向第三新東京全市發出避難命令，要求市民即刻前往避難所。至於到底適用對使徒戰爭法的哪幾條，請洽詢冬月教授後加入避難指示中──另外，向全所員分配工作吧。」

儘管美里隔著對講機命令青葉，然而一旦黃泉比良坂維持目前的速度墜落於此，別說地殼，就連地函都會翻出地表。如此一來，地下避難所的減震結構也不具意義吧。

但已經來不及帶著第三新東京的全體市民逃走了，是以咬著下唇的她凝視著。雖然將她的過去給奪走的光之巨人沒有臉。不過唯獨這次──

——並不相同。就讓我這樣相信吧，真嗣。

■黃泉比良坂

真嗣勉強維繫住自身伴隨軀體巨大化而快擴散開來的思考。

——喔喔喔喔喔！

他一面吼叫，一面在背上猛然出力。最大直徑超過二〇〇km，混合玄武岩與長石岩的岩塊「黃泉比良坂」宛如要陷進去般地壓著他的背。

眼下漸漸陷入第三次衝擊顯現狀態的超級EVA化為光之巨人，正展開光之翼背負著這塊自月球落下的剝離大地，為了抵消其往地球墜落的速度而試圖拚命抵抗。

『沙……——目前正再度接近……碇同學。』

在嚴重的雜訊當中呼叫他的，是綾波零No.特洛瓦。

真嗣宛如親耳聽見般，以五感接收到這個訊號。

『必須向東邊朝赤道推動才行。來自月球軌道的黃泉比良坂基本上正朝著該處運動，倘若讓它往那邊加速，或許……』

儘管他改變巨大翅膀的方向，試著照她所說的去做，卻沒能獲得足以觀測到的結果。岩塊運動的質量過於巨大，怎樣都停不下來。

當這塊岩石大地黃泉比良坂經由空間透鏡，由遙遠的月球附近出現在地球旁邊之際，最棘手的是它保持著以秒速二〇公里逼近地表的相對運動。

意圖阻撓墜勢以改變大地行進方向的真嗣，接連展開絕對領域，卻全被巨大岩盤給撞破了——即使如此！他吼叫著。儘管被接連撞破，他依舊持續不斷地產生多重絕對領域。

——停下——來——！

不能落在那裡。歐亞大陸沉入夜晚的黑暗，位於其東側的日本列島則染上橙色，天際浮現大片美麗的晚霞。

總覺得岩盤大地最終將會朝著這附近滑落。

——特洛瓦，別再靠近了！我沒辦法支撐太久……況且明日香也跟妳在一起，不是嗎？——

根據紀錄，在光之巨人出現後，伴隨壓力的光芒吞沒了將近四〇〇〇km的範圍，使地球蒙受半毀性的災害。

亦即第二次衝擊

眼下真嗣並非要防止那場災害第三次顯現，而是正等待它發生。

畢竟這已是既定事項。既然如此，便只能仰仗衝擊發生之際恐怕會達到頂點的驚人能量了。

光之巨人化的ＳＥＶＡ心臟瀕臨決堤，轟轟散發灼熱的粒子。

假使黃泉比良坂墜落，第三次衝擊也於地表發動，情況便可說是再糟也不過。已然縮小的地球搞不好會粉碎。但要是第三次衝擊先發生，說不定就能防止這塊剝離大地落下。順利的話，或許還能將它給推出去。

黃泉比良坂的巨大質量，接連撞破真嗣產生的堅固絕對領域。

每當領域粉碎，他的手便會感受到劇烈衝擊，全身遭受尚未失去能量的領域宛如失控牆壁般撞擊。

那面空間透鏡還真是做了多餘的事。理應掠過地球的黃泉比良坂在透鏡的月球側被分解成光。而當這些光於透鏡對側面向地球收斂並重新構成之際，地球早已近在眼前並進入衝擊路徑。

然而透鏡的分光與收斂作用對萬物皆同。無法阻止個體飛散的明日香，以及捕食明日香而破裂的真理，似乎便是拜透鏡的分解力之賜，在收斂後各自重新構成。

——特洛瓦說明日香恢復成人的姿態，我毫無理由地相信了……

——不，反過來才對……我現在之所以像這樣待在這裡，理由正是基於明日香的回歸。這麼一來，我就暫時不用去想自己之後的下場將會如何。

光之巨人——真嗣展開翅膀，與背部一同支撐著背後黃泉比良坂的全部質量，試圖讓它撞向朝地球傾斜展開的絕對領域，以改變這塊最大直徑超過二〇〇㎞的岩塊軌道。

光之巨人以單手將宿敵——黑色巨人阿爾瑪洛斯——壓在那個絕對領域的接觸面，領域接二連三地粉碎。真嗣根據粉碎的數量，於前方再度產生領域。儘管受到衝擊與閃光撼動，這架黑色巨人依舊活著。

摩耶等人由蘆之湖底的玻璃蛋裡挖掘而出並重生形態的能量大弓，本來似乎是阿爾瑪洛斯之物。只見並未放開那把弓的他正死命掙扎著。

——給我安分點，兄弟！馬上就會結束了——

真嗣如此稱呼著聲音與自己相同的巨人——不，在超級ＥＶＡ化為光之巨人的當下，阿爾瑪洛斯反倒小得宛如人偶。ＳＥＶＡ拍打起一片寬長的光之翼，把阿爾瑪洛斯掙扎著將弓對準而來的左手壓制在領域面上。

又有誰能預想到這種結果呢？

『真嗣！左右後方！』有人來妨礙了。

——希絲！我不是要妳帶著朗基努斯快跑嗎！——後方……？

兩架黑影拖著長尾巴，自後方黃泉比良坂的地表衝出。

——那是新的Torwächter α與Torwächter β！

是由身後背板分離產生的嗎？它們的手上分別握著一把黑槍。

黑色使者們舉起槍，便見兩把槍之間以黑色閃電相連。

——什麼？真嗣正打算以自己背上展開的光之翼，趕走從後方逼近的兩架黑色使者，Torwächter們卻以那片翅膀為中心旋轉起來。緊接著……

——啊……！

黑色閃電纏繞其上，綑綁ＳＥＶＡ的寬長翅膀並將之切斷。被切斷的翅膀全長超過一〇〇km，囤積在內的能量泉湧而出，從被切斷的根部朝前端扭曲相空間，一面引發連續性的大規模爆炸——該死……！

其中一架Torwächter正打算再度進行聯合攻擊，身軀卻在浮現耀眼的焦點後噴出火花，左腳旋即被燒斷炸飛——看來是特洛瓦機的伽馬射線雷射砲。

「碇同學就負責黃泉比良坂——希絲！」『交給我吧！』

『我來幫忙。』聲音的主人是小光。

偕同特洛瓦機再度接近黃泉比良坂的歐盟EVA（Heurtebise）將N²反應爐產生的重力子重新配置在機翼上，接著搶先一步衝出。

而正當特洛瓦也對０．０ＥＶＡ輸入新的路徑，打算點燃推進器之際……

〈嗶——〉警報響起。接連開啟了好幾道紅色的錯誤視窗後，０．０ＥＶＡ的動作突然變得

異常沉重。〈指令錯誤。〉

看來是有駕駛員綾波No.特洛瓦之外的思考混入操作控制了。

「嗚……嗯……」

金髮在LCL循環流中飄盪，它那突然闖入特洛瓦機插入拴內的主人顫動眼皮。

0·0EVA猛然限制細部的控制，切換至需要繁瑣手動輸入的輕度同步模式。外裝型S[2]機關進入固定輸出運轉，FCS被鎖住了。

原因在於沉睡中的明日香醒來了。「——為什麼妳光著身子啊？」

緩緩地移動視線後，明日香頂著一張彷彿還沒睡醒的臭臉，望向一旁全裸的零No.特洛瓦。

「因為我把戰鬥服讓給妳了。」

「是嗎？……哎呀，妳的頭髮很漂亮耶。」

明日香伸出手，掠過特洛瓦的臉頰，碰觸她頸際從水色經由深藍色染成黑色的髮絲。

「是啊——這是我自豪的頭髮喔。」

「……看來今天會成為紀念日呢。」

儘管因為剛恢復成人形沒多久，意識依舊有些不太清晰，明日香卻仍一臉驚訝地看著特洛瓦。

「從妳口中聽到『自豪』兩個字，感覺既囂張又很棒呢。」

「這孩子是？妳從哪裡帶來的？」

將操作切換成不經由思考操作的手動模式，特洛瓦一面問道。明日香像是這時才注意到似的，望向睡在自己懷中的小女孩，露出一臉「對耶」的表情。

她是明日香伴隨光粒子聚集在空中而出現時，順手般從自身出現的耀眼焦點中帶出來的。

「問我為什麼啊……總覺得她太纏人讓人很火大，我就在她厚著臉皮想加入派對之際，反過來把人給抓出來嘍。」

『特洛瓦！維持這個路徑。』

希絲機──ＥＶＡ Ｆ型零號Allegorica，四腳的天馬──傳來呼叫。

『路徑等等就要交錯了，收下吧。倒數１０秒。』

「２……１……標記！」

「咚！」０．０ＥＶＡ特洛瓦機以右手握住的是一把紅槍。

「呃，這是朗基努斯……？」那把槍獨特而讓人生厭的「嗡嗡」振動，也傳到了插入拴內。

『嗯？方才的聲音是明日香？妳真的恢復成人類啦？　　──嘖。』

「等等，妳這是什麼意思啊，小不點！」

『克里姆森A1比較可愛啦。』

特洛瓦握住以0．0EVA之手收下的槍，指向交錯的希絲機。

「希絲〈幼稚且天真的我〉，這是……！」

那是被阿爾瑪洛斯奪走，藏在由地球看來位於太陽對側而無法看見的「蘋果核」上，又被真嗣與零No.卡特爾朝地球投擲回來的朗基努斯複製品。

「——碇同學現在非用這把槍不可……！」

眼下在人類添裝的附加裝備中最為進化，希絲的F型零號Allegorica，已經以更加小型化的重力子浮筒轉向，漸漸遠去。

『特洛瓦〈整合的我〉……不，該叫妳〈戀愛的我〉嗎？』

希絲正準備返回真嗣的戰場上。

『真嗣表示得把槍帶回地球。他說「這搞不好是能設法拯救世界的備用鑰匙，不可以跟我一起消失」唷。』

引發衝擊的媒介終能以槍控制。

在跳過生命樹法則的消散階段，運行架起屆臨補完之橋的無形高階法則之際，倘若不讓槍介入，代表將會化作放射能量消失殆盡。

——碇同學會……消失……？他果然打算這麼做嗎？

的確……憑藉人類之力，不可能阻止即將發生的衝擊。

眨了眨長睫的碧眼滴溜一轉，望見整排錯誤提示的明日香似乎掌握了事態。看來在混入自己的訊號後，０．０ＥＶＡ發生故障了。

「要我睡嗎？」

如此表示後，她操作起試製奧利哈鋼戰鬥服腕部的液晶面板，找起施打鎮定劑的手動指令。

「這是什麼——機能增加反倒讓人很難懂耶。」

特洛瓦看到她的輪廓瞬間變得朦朧，並在粒子化後即刻恢復原狀。

新的警報響起。

縮小範圍的感測器警告著即將發生的接近碰撞。出現在透鏡這一端的黃泉比良坂更帶來其他碎片，同樣位於要撞向地球的路徑。

「明日香，妳就保持這樣——０．０ＥＶＡ特洛瓦機呼叫箱根指揮所，請允許解除ＦＣＳ的鎖定與自由射擊。」

——說不定明日香的人類狀態尚未穩定下來。

即使她待在這裡，一樣能啟動不需依靠ＥＶＡ的伽馬射線雷射砲。

雖然在箱根的介入下解除了射控系統的鎖定，但外裝$N^2$反應爐的運轉輸出依舊受到限制，雷射砲以固定輸出緩慢地充起電。

儘管可以理解碇同學不想讓槍捲入他引發的衝擊，我卻不希望只有自己從這裡逃走——必須盡己所能地做些什麼。

「看來是在想自己得做些什麼才行呢。」

明日香的這句話嚇了特洛瓦一跳，不過她看著的是光之巨人——巨大超級ＥＶＡ。

「那傢伙變得這麼大一隻，到底是在努力個什麼勁呀——」

「消失？——放心吧，真嗣每次一要起帥來啊……」

明日香將沉睡的真理抱入懷中，深深躺上插入拴座椅，闔起雙眼。

「總之都會搞砸啦。」只要別胡亂緊張，便能抑制極端思考混入。她深深地將ＬＣＬ吸滿肺部，再緩緩呼出。

「那傢伙在這點上實在無可救藥，卻相當可愛。但妳可別告訴他唷——畢竟看他每次要做些什麼時總是在找藉口，感覺非常有趣呢。」

０．０ＥＶＡ的伽馬射線雷射砲固定架勢，只靠推進器改變砲口方向。當它於無聲的黑暗中亮起後，閃光隨即飛散在遠方，把即將墜落地球的大型碎片給離子化了。

紅槍在被照亮的特洛瓦機旁閃耀起來。與此同時，特洛瓦注意到了。

在這種狀況下，阿爾瑪洛斯理應立刻喚來原版的朗基努斯才對，一如它在北非的所做所為。

她抬頭望去，在視野前方看似蜘蛛絲般的細線——原版朗基努斯——依舊以要成長為圍繞地球之環的姿態持續繞行當中。

——眼下跟當時有何不同？原版朗基努斯除了讓地球簡併化，也與移動明日香和黃泉比良坂的空間透鏡形成有關……

「難道透鏡仍有用途……？」

## ■真嗣的衝擊

Torwächter α被返回戰場的F型零號Allegorica以天使脊柱射穿左肩後，Torwächter α、β又一次的合體機動遭到瓦解。

「為什麼……回……來了啊……！」

相異於超級EVA噴發光芒閃耀的威容，真嗣現在連回話似乎都很難受。

『不希望我回來的話就快想辦法解決呀！』回嘴的希絲驅使F型零號朝失去平衡的Torwächter α衝去。黑色使者為了重整態勢而往黃泉比良坂的大地一踢，遲了一會衝來的希絲機也跟著踢向大地。

「哇！」

希絲之所以嚇到，是因為踢開的黃泉比良坂岩盤大地受到超級ＥＶＡ失控的心臟影響，宛如地鳴般地振動著——這塊大地會變得怎樣啊……？

『碇同學，我是歐盟ＥＶＡ的洞木。』

——連洞木同學都……明明要妳們……快點離開了……冬二在看著——

〈小光——妳在那裡嗎……？〉

「冬二？」聲音是從哪裡傳來的？

總覺得分別裝在EVA Heurtebise與領域侵攻銃「惡魔脊柱」上的ＱＲ紋章正在振動。

——妳給我的……植入我體內的ＱＲ紋章，正位於第三新東京……的地下——聯繫在分離後依舊維持著……而冬二就在那裡——

〈真嗣，你即使化為光之巨人也沒有喪失人格這點是因禍得福呢。或許是侵蝕你的這塊ＱＲ紋章成了固定器，將你留在這世界上的吧。以上是摩耶小姐的判斷，我也這麼——〉

咚——！

清脆的碎裂聲突然在遠方的舊中央核心區的實驗空間響起。

「什麼？」

冬二回頭望向水槽。只見紋樣在活性化後閃閃發光的真嗣QR紋章表面上，縱向裂開了一道巨大裂縫。

「明明是最大輸出了耶？」

天使脊柱的射擊，被堅固展開的α的護盾激烈地置換成能量。而β趁著她攻擊α之際繞到後方，連結兩架Torwächter的黑色閃電險些將F型零號Allegorica給攔腰斬斷了。

「希絲！別擅自行動，聽從指示！」

儘管指揮所內的主顯示器能以望遠影像捕捉到黃泉比良坂，然而戰場的相空間受到超級EVA持續不斷展開的絕對領域扭曲，變得難以進行觀測。

「這回Torwächter是以連結在兩架之間的奇妙閃電來切斷對手的，倘若在對付其中一架時讓另一架繞到背後就完蛋了。」

一如美里所言而差點陷入絕境的希絲，這才總算願意聽從指示。

「所以該怎麼做？」

『沙沙……反過來說，也就是它們絕對會沿著夾擊對手的路徑過來喔。就拜託歐盟機配合吧。妳的通訊協定仍是歐盟新地島聯合作戰的設定，應該有辦法這麼做。』

「？呃～——像這樣嗎？」

在與希絲有段距離的Heurtebise插入拴內，虛擬顯示器上出現塗鴉——像是以各色蠟筆畫出來的作戰圖嚇了小光一跳。「咦，什麼？」

那是Ｆ型零號Allegorica的零No.希絲於腦中描繪的立體作戰圖。Heurtebise為高速處理能力備感自豪的量子ＡＩ要將那幅太有個性的作戰圖轉換成歐盟立即反應部隊規格的空間地圖，整整花上了四秒。

「這是原本應該在新地島上會合的機體……那個小孩綾波同學傳來的嗎？——發出確認碼。Heurtebise呼叫指揮艦橋。」

『小光……或許我怎麼說都沒用……妳是打算請求惡魔脊柱的啟動許可吧？倘若啟動在此被擋下，墜落便會降臨歐盟視角的地球對側，變成你們的亞洲被捨棄——請妳保證在壓制住Torwächter後會不顧一切地脫離那裡。』

「我不覺得有被捨棄。謝謝你，克勞塞維茲先生，我很喜歡你唷。反應爐啟動動力，惡魔脊柱解除休眠，開始起動程序。」

比其他人早一步踏上黃泉比良坂的Ｆ型零號Allegorica，憑藉相對豐富的地形資料引開兩架Torwächter的注意力，拖著它們東奔西跑，每次攻擊後總會在它們眼前搖搖晃晃飛著，甚至停下來給它們看。她是誘餌。

擔任射手的Heurtebise則迴避了偵測，最終連重力子浮筒也不使用，只仰仗慣性貼附在黃泉比

良坂上。

ＡＩ的解析漸漸跟不上希絲機傳來的腦內塗鴉地圖更新速度了。

此時反倒是小光──「我已經看得懂了，快關掉轉換處理！」

她之所以能夠大致理解，是因為傳來的圖感覺與妹妹幼時的塗鴉非常相似。

即將藉由下一次機動來到眼前的Torwächter，絕對會露出背部。

在不致擊中Ｆ型零號機的安全射界邊緣上──畫著粉紅色的花丸圖案。

「惡魔脊柱，開口！」

突然自背後湧現的惡寒嚇了希絲一跳。「那是什麼……」

儘管希絲她們綾波系列本就鮮少見到相關人員以外的人士，卻依舊時常被這樣問道。〈你們難道不會詛咒自己不幸的出生嗎？〉

無論是出自無情抑或基於同情，人們對身為複製人的自己等人提出了疑問。不管是在取得自我前，還是在獲得自我後，希絲從不曾對此感到悔恨。

然而目前她背後傳來的感覺，明顯正詛咒著自己的出生。理應長出手腳卻遭到扭斷，被做成步槍的脊椎，感覺似乎的確會想詛咒一切。或許是仰賴ＱＲ紋章導致的吧，歐盟ＥＶＡ有著會放大負面感情的傾向……

「那個的主張太強烈了啦！」

果不其然地，Torwächter們也對其產生反應，作勢要轉過頭——希絲本來打算在小光發動攻擊前，讓它們將注意力集中在自己——F型零號Allegorica——身上，這下充電中的天使脊柱開砲計畫只得提前執行。

「嘿，看我這邊！」重粒子閃光穿過脊椎槍管，以近乎光速的初速射出，零距離命中了Torwächter α。

儘管沒能貫穿，Torwächter α卻因為巨大能量的反作用力而轉了一圈，並藉機刺出黑槍。而希絲機讓絕對領域覆蓋在猶如鞭子般彎曲的脊椎槍管上，彈開朝此伸出全長的那把槍，化解攻擊。

此般機動同時也留意到後方的Torwächter β，並讓她藉此獲救，因為似乎有什麼——看不見的存在——剛從希絲機胸前「唰」地穿過。倘若她再往後一個機身，絕對領域便會被貫穿了。

那是Heurtebise瞄準Torwächter α的惡魔脊柱射線。

她也因此發現那是與天使脊柱同類型的武器，然而程度相差甚大。

「相位差槍管居然能伸到這裡？」

希絲驚訝地抬頭之際，Heurtebise正好開砲。「咚！」身體轉了過來的Torwächter α一陣搖晃，胸部裝甲像是有什麼在內部被扭曲般地隆起。

「！」

「惡魔脊柱，開口！」

在下一瞬間，因高速自轉而裸露出事件視界（註：為一種時空的區隔界線）的微型黑洞閃耀著，一面將Torwächter α幾乎吞噬殆盡。

擋在希絲機前方的目標宛如消失般地失去質量。在清楚看見白色的Heurtebise朝這裡舉起惡魔脊柱的瞬間，小到快看不見的微型黑洞便颳出激烈噴氣，掠過希絲機的頭部，朝射線方向蒸發並激烈飛出。

「呀！這這這傢伙真危險！是個危險的傢伙！」

『希絲！剩下一架。採取飽和攻擊！』特洛瓦的聲音傳來，伽馬射線雷射命中Torwächter β的護盾。濺起激烈火花後，β失去平衡。

「就知道妳會動手！」

然而β並未上同一招的當。

這架已被特洛瓦機起初的狙擊奪走單腳的黑色使者這回警戒著Heurtebise，一面為了帶入近身戰而不斷縮短與小光之間的距離，小光也配合著它逐漸接近。

Heurtebise舉起斧槍。畢竟對手機已經受損了——她也因而大意。

β的槍在手上伸長，白色的歐盟ＥＶＡ機體被槍刺中了右大腿。

「啊啊啊——！」

惡魔脊柱第二擊伴隨被刺中的疼痛擊發，只奪走對方的左手。小光就這樣被β的衝鋒撞開，

意識漸漸遠去。

她撞到超級ＥＶＡ的正面並回彈。

——洞木同學！希絲！

正值對手即將施展致命一擊之際，希絲機的天使脊柱槍管猶如鞭子般彎曲，纏住Heurtebise的腳拖開機體，千鈞一髮地迴避了β的槍。超級ＥＶＡ動了動其中一片光之翼，藏起Heurtebise與希絲機。Torwächter β跟著繞到翅膀後面——

理應在那裡的兩架機體不見了。

在Torwächter β停下動作的瞬間，自羽翼之中衝出的是刺刀。附有刺刀的天使脊柱槍管刺向β左手的斷裂面。

Torwächter是阿爾瑪洛斯的背板與轉移通道構造的一種形態，SEELE加持形容其空有鎧甲而無內在的姿態「只不過是個影子」。

希絲機由中空的內部以附上領域的刺刀斬斷鎧甲。直到方才動作仍像動物般機敏的黑色使者隨即成了無機物而崩塌。

β朝希絲機對面——被ＳＥＶＡ抓住的阿爾瑪洛斯——舉起僅存的右手……

〈和我合而為一——〉

「咦？」首次聽到Torwächter聲音的零No.希絲嚇了一跳。

「居然是特洛瓦的聲音耶！——不對，是我們的聲音……？跟很久很久以前的錄音一樣……」

突然間，阿爾瑪洛斯以猛烈的力道將壓住自己的超級ＥＶＡ推了回去。

哪怕現在超級ＥＶＡ與它有著數倍以上的體格差距——

不——它在變大。

黑色巨人同樣變得巨大。

它以手上的黑弓一口氣推回孫六滅絕刀，並憑藉在那個接觸面上產生的能量領域，將光之巨人化的超級ＥＶＡ給撞飛。

咚咚！

「哇嘎！」猶如風壓的壓力廣範圍地粉碎了黃泉比良坂的表面岩石，使希絲機遭受波及而被颳飛。

光之巨人順勢退開，光是這樣就讓這塊岩石大地劇烈撼動。

踢開壓在身上的絕對領域後，黑色巨人隨即粗暴地降落在這塊月球的剝離大地上。

與此同時，大片極光突然展開。

——天啊！真嗣焦急不已。

看來剝離大地快抵達增溫層……恐怕已在電離層最上層了。距離撞擊地表只剩下二十多秒。

——要沒時間了。明明渾身充滿力量，第三次衝擊卻沒有顯現……！

光與闇兩架巨人倒立站在滑落地球的大地上，彼此以太刀與大弓針鋒相對——究竟是缺少什麼？

真嗣以低角度揮出太刀——然而……

——！——

黑色巨人並未展開大動作迴避。

藉由自己的單腳被砍中，維持射擊姿勢的它瞄準了在太刀刀尖通過後暴露而出的超級EVA正面。

——糟了……！

並排在大弓射線上的七個光點旋即釋放。那是先前被稱為東照，在更原始時SEELE稱之為薩克雷加斯〈聖物的盜人〉的背神大弓最大力量。

黃泉比良坂在脫離月球之際尚有雙倍之大。而一擊將這個質量轟掉一半的力量，射進真嗣的胸口——他的心臟裡。

他彷彿被雷擊中般全身僵硬。

猶如怒濤濁流的激烈能量流，毫不留情地流入早已充滿凶惡之力而瀕臨爆發的真嗣體內，伴隨著聲響接連燒灼內臟。

——呃啊啊啊啊啊——啊啊——！

激烈的衝擊！以及痛楚！最惡之力遭最惡之弓射穿了。

——啊啊啊啊——啊——！

那把弓將經由黃泉比良坂的大地，自連接著補完計畫全部舞台的大型轉移構造上導引出的龐大能量，注入巨大化的超級ＥＶＡ之中——

光猛地增強，構成超級ＥＶＡ形狀的輪廓溶入強光當中。

——等等……對了——

隨即開闢了衝擊。

大幅後仰的超級ＥＶＡ在挺起身體之際，已是沒有輪廓的光之巨人。起身時的它向上揮出了同樣化為光弧的太刀。

在遙遠的過去世界，包含轉移構造在內的補完計畫舞台背後機制，想必在更早的階段就被發現了吧。

或許背神大弓薩克雷加斯也是由那個世界的赤城博士等人製造的。光弧將其劈成兩半，隨即如薄冰般打碎了阿爾瑪洛斯堅固的領域。

砰！

光之巨人強勁地向前踏出一步。

不知對手究竟是哪個世界的初號機，哪個時間的真嗣？彷彿憑藉腰力揮出的太刀刀尖——巨大的光弧——貫穿了那個黑色巨人，阿爾瑪洛斯。

阿爾瑪洛斯如是說。〈收下我的身體吧。〉

——啊……

〈我想起來了……這是必要的吧……〉最後再度化為真嗣的聲音。

真嗣感受到盤據在胸口而無處宣洩的力量被點燃了。

——對了……的確——根本不可能靠理性發動第三次衝擊。壓倒一切的力量與吶喊至關重要。

——好，就快發動了。

儘管似乎已無法阻止落下，至少得慢慢地……哪裡比較好呢——

地上的人們望見在轉眼間降低高度的黃泉比良坂突然打住。

突然橫越一望無際的天空將之覆蓋後，三片光之翼各自分裂，化為六片羽翼。

『——指揮——橋呼叫，沙沙……bise小光，請立刻遠離那裡……喀——沙……』

在遭受巨人的光之壓力激烈衝擊的黃泉比良坂上，Heurtebise被遺留了下來。

機體表面受到損傷與超過熱限度高溫的警告聲，以及克勞塞維茲的呼喊聲，讓小光取回了意識——

「——咦……」

被貫穿後維持射箭姿勢的黑色巨人，佇立在激烈的光波動當中。

警報響個不停，周圍充斥著光之風暴。在這種毫不清晰的視野裡，小光首次看見為了抵抗光之巨人而巨大化的阿爾瑪洛斯，頓時陷入混亂。

雙方一對一對峙著。相較之下，Heurtebise小得跟人偶一樣——

Heurtebise插入拴內的顯示顏色突然改變。以遙測方式察覺事態的歐盟控制塔，傳來了克勞塞維茲驚慌發出的警告。

『喀——快恢復設定！替身插入拴的思考輔助率太深了！如此一來將無法進行正常判斷……』

當Heurtebise將左肩的惡魔脊柱拉過來後，其側面裝甲上的百葉窗式氣縫便隨之開啟，漏出光譜變化為彩虹色的相位光。

「對不起……都是因為我不夠強大……說過不再使用深度思考輔助的人明明是我！——

我……我太弱了……！」

充電完畢。受光之風暴擺布的白色ＥＶＡ舉起黑色巨砲。

「開口！」小光發出了哭喊聲。砲口前端——龍頭開啟。

「滋！」衝擊波朝四方奔去，騷動的不快感使小光更加不安。

領域侵攻步槍「惡魔脊柱」。

相對於Ｆ型零號Allegorica的「天使脊柱」是移植零號機身體的一部分，歐盟的「惡魔脊柱」則是本該稱為ＥＶＡ新個體的產物。

被扭下四肢的脊椎成為槍身，產生強大的侵蝕型領域。

——哈——……哈——……

新的警告視窗開啟。小光的心跳與呼吸變得愈來愈急促。

她因為替身插入拴過度滲透而難以控制的情感爆發了。

「姊！……兒玉姊！哇啊啊——！」

沒錯，對她來說，阿爾瑪洛斯是讓姊姊鹽柱化崩塌的原因。

仇人——這是基於自己的欲求？抑或是義務？混亂到最後，過於耿直的她湧現了像這樣的想法。然而實際上驅動她的唯有恐怖。

自領域誘發線圈猶如牙齒般排列的砲口發射的，竟是以猛烈速度自轉的微型黑洞。

——洞木同學……沒辦法脫離嗎？

真嗣注意到在自己遙遠的腳邊掙扎的Heurtebise。他的聲音同樣回響在箱根的舊中央核心區……

「抱歉，真嗣——請救救小光……！」當冬二這樣吶喊之際……

「砰！」出現裂縫的真嗣QR紋章粉碎了。

——我會試著想辦法的……之後就——

只有聲音如殘響般響起。

光之巨人化為爆發性的光之海嘯，吞沒起周圍的一切。

仍舉著失去的大弓佇立的阿爾瑪洛斯看向小光——的樣子，總覺得它似乎笑了。然而沒人能知道真相，因為在這之後，Heurtebise射出的微型黑洞便擊中了它的頭部。

〈——小光……？〉

下一瞬間，只餘下雙腳的阿爾瑪洛斯機體便被吞噬進一個點裡。

小到快看不見的那個點噴出猛烈的光學射流，一面連同黑洞蒸發，一面在轉眼間飛離。然而那道餘暉隨後也被擴散湧來的光波遮斷，一下子就看不見了。

地上看得見伸出六片羽翼的中心散發耀眼強光。

儘管羽翼變得巨大而奪去黃泉比良坂的動能，此時羽翼的中心——光之巨人——卻閃耀得猶如一顆小型太陽，漸漸喪失ＥＶＡ的姿態，一面倒立站在黃泉比良坂上擴散的光環之中。

柔和的光芒遍布灑落天色開始變黑的太平洋全域。

人們明明陷入恐慌而竄逃起來，卻不知不覺地停下腳步。無論是誰都伸手遮擋著那幅啟示錄般的光景，抑或從指縫間抬頭仰望。

自月球剝落，在途中割愛行程而飛來的巨岩，就這樣緩緩踏入平流層。話雖如此，即使變得再慢，這個尺寸過於巨大的闖入物依舊在稀薄大氣上形成肉眼可見的密度差，掀起了波紋。

我們普遍視為大氣的高密度對流層受到降下的大容積擠壓，多重產生了盆器般的雲層。並在產生莫大的電位差後，成為如積亂雲閃耀的佛燈。

被廣範圍壓縮的大氣周邊突破音速，化為衝擊波擴散出去。

相反地，支撐大質量的六片羽翼持續吸收力量，使那道位於中心，本是巨人的光輝開始急速消失。

巨人就連人類的……ＥＶＡ的輪廓都變得模糊，在光環中跪下了。

特洛瓦機將ＦＳＢ的推進力全開，衝上墜落軌道，一面由上空望著這幕。

「碇同學……！」

「他很快就會回來的……畢竟他明明討厭與人來往，卻是個比誰都害怕寂寞的人嘛。」

特洛瓦詢問明日香這番話的根據何在，然而她只微微聳了肩，說：「好女人的直覺嘍。」

「Auf Wiedersehen（再見），後會有期，真嗣，要做好回家的準備唷。下次就由我來招待你……」

話語的間隔忽然拉開，笑容自她的臉上消失。倘若ＬＣＬ沒有循環，淌落之物想必會閃閃發光吧。

■大洋震鳴

真嗣成功改變了黃泉比良坂的落點——舊伊豆半島東南一二〇〇公里，本來是小笠原群島的位置。然而在不僅遭到朗基努斯簡併，地殼物質還被持續傳送至月球而小型化，導致各種位置關係錯動的現存地球上，則是位於南鳥島近海附近。

海上亮起猶如太陽誕生般的巨大閃光。衝擊波撞擊著那裡的一切，點燃空氣分子，使天空大範圍地火紅燃燒起來。熱、光、風、波、衝擊波、電場干擾，在那裡發生的所有波動，不斷朝著

外側傳播出去。

儘管相隔一二〇〇km之遠，箱根依舊受到像是要將第三新東京頂起似的地震襲擊了三次。要是沒有誘發其他地震，觀測到的第二次地震便是落海的黃泉比良坂貫穿海底地殼時的搖動，第三次地震則是在之後倒下時的搖動吧。

而在舊中央核心區，由於線性軌道脫離導致繞行中的載體錘矛連同推車脫軌，把實驗空間撞得亂七八糟，能量領域也跟著消失了。

「我們走吧，摩耶小姐，太危險了！」

「好！全員撤離，進行點名！外部的效應處理就……」

震鳴毫不止歇，在數小時內持續不斷地撼動著環太平洋。

當冬二等人來到地上時已屆黑夜，箱根山火山臼的外輪山在瞬時風速彷彿颱風的強風下守護著第三新東京。密布天空的雲層以驚人的速度被颳走，閃電橫越天際。五彩繽紛的光芒應是極光源於電場異常而在雲層上飄揚吧。至於雲層時不時會「啪啪」亮起，恐怕是因為月球小型碎闖進雲層。

「根本是天災地變的大遊行呢。」

儘管美里嘴上這麼說，卻也有著並未發生的事態。縱使再怎麼降低相對速度緩緩降落，直徑長達二三〇公里的黃泉比良坂一旦落到太平洋上推開同等體積的海水，理應造成大海嘯才對。然而奇妙的是，到處都沒有傳來觀測或到達報告。

彷彿被亂流捲走般飛進火山臼裡的希絲機F型零號Allegorica，在石棺半球體外圍的環狀軌道組外側「嘎吱嘎吱」地刮著高硬度似曜岩混凝土降落，並關閉受損的後腳電源，「砰！」讓腳跟落地。

至於特洛瓦機則下落不明。畢竟寬頻通訊處於干擾狀態，訊號全都斷訊了。雷射偏離位置，看來是新設的衛星與平流層飛船全都被吹離路徑了吧。由於接收不到導航信標，沒辦法重新設定，是以她說不定只是失蹤，卻也無從搜索。

隔天早上，當通信故障緩和下來後，指揮所便收到特洛瓦機傳來的通訊。

在甚至連大氣上層都受到影響的電波干擾導致通訊中斷期間，她一直在擊墜飛往地球的其他大型碎片。然而由於推進劑不足，外加連真理都醒來了，她於是向指揮所詢問是否能連同0・0EVA一起降落地面。

為了指揮善後處理而在指揮所內陪伴大家一同熬夜的冬二正要離開室內，去曬曬太陽好讓不甚清楚的腦袋清醒過來，便遭到警備部告知室外在臭氧層被轟掉一部分後的危險性。

「雲飛得好快啊。」流動的雲層又黑又厚。不過明亮陽光自雲縫間斜斜照下，看來似乎很快

就會放晴了。他才這麼想，便從雲縫中窺見東南方的藍天。

看起來像是被分成左右兩半。「……」

他在雲層再度分開之際凝視該處，只見那裡宛如天空被割開般地縱向劃著一條線。

「那是啥啊！」

那是黃泉比良坂落點的上空。

落點覆蓋著厚重的雲層，尚無從窺知裡頭的情況。然而那道柱子穿越雲層伸向天空，看不見前端。

冬二連滾帶爬地衝回指揮所，命令正要讓0．0EVA搭上歸還軌道的特洛瓦再繞行一圈進行光譜分析。「這昨晚已經觀測過一遍了啦！」緊接著便聽見同乘特洛瓦機的明日香如此回嘴。

『那東西迅速伸長後，前端就像光學分解般消失嘍。真是的！都說我們肚子餓了啊！』

明日香的抗議，以及『哇啊──────！』不成言語的抱怨尖銳地迴盪在指揮所。儘管過去認識真理的人們或許難以想像這幅光景，但緊緊地抱在明日香身上的她目前正不停嚎啕大哭。

由於她的意志總是伴隨著其他動物混入DNA裡的殘存意識，當這些意識全被剝離之後，她首次感受到不安與孤獨──相關人員之後才明白了此事。一如明日香自混濁的生命情報中分離而出，真理似乎也被那個空間透鏡給分離了。

『嗚哇啊──────！』

「還真吵呢……特洛瓦，拜託妳報告了。」

零No.特洛瓦送來觀測結果的資料，同時以口頭進行報告。

『水占了大部分……氯化鈉、氯化鎂、硫酸鎂……』

日向在中甲板喃喃自語。「──是海水……」

冬二陷入沉思。

──伸長至宇宙的海水柱是啥啊？其他的判斷材料呢？對了，事前造成異常潮位的犯人不就是月球與地球之間的空間透鏡嗎？……

瞇細著眼的冬二表情愈來愈凝重。

「抱歉，特洛瓦、明日香，妳們果然還是再繞一圈吧，幫我調查一下那根海水柱的另一端是不是跟那個空間透鏡有關。」

『咦～～？』

「也順便調查透鏡對面的月球方向有沒有出現相同的光譜好了。CP通訊結束。」

「冬二……？」

在司令席放下聽筒的美里察覺冬二做出了何種推論。

「無論是哪國團隊送進落點的無人機監視鏡頭似乎全都中斷嘍。」

「我認為我們有義務親眼確認真嗣究竟創造出怎樣的作品吧。」

不受常識束縛的十七歲NERV JPN代理副司令，轉向指揮甲板進行報告。

「那說不定就是昨晚理應以海嘯的形式往外擴散的海水呢。」

他自己也覺得接下來要說的事情過於異想天開，不由吸了口氣。

「目前脹成大球並逼近至十一萬公里處的月球，據說會成為下一個世界的地球吧。會不會是想在大地之後，接著偷走海洋呢？」

# #8 新島誕生

## ■嘈雜聲

忽大忽小的聲音……聽起來宛如海浪聲。

此處位於NERV JPN本部設施裡，是甚至連內部也半視為瘋狂科學家集團的科學部樓層。其他部署的職員沒事不會進出這裡，即使是相關工作人員也畏懼於不知變通的科學部主任，沒人膽敢在職場播放電影來看。

「……」

科學部主任伊吹摩耶卻在氣密門並排，照度轉為夜間模式而調降的走廊上聽到這種聲音。

嘈雜低鳴的海浪聲。

停下的腳步再度邁出。她卻壓低腳步聲，踮起腳尖走向音源……

聽起來宛如海浪聲的是——

〈……這實在難以說是初號機……〉

是人的話音……！

〈內部駕駛員也因為同步狀態過高而無法確認……！〉

〈既不清楚與外頭量產型ＥＶＡ的戰況，戰自的特種部隊也有數名侵入內部……在這種狀況下啟動來路不明的ＥＶＡ有什麼意義……〉

〈被莉莉斯的時空卵困住的我們連它是從哪飛來的都不得而知。然而這不成問題，溺水者不會挑剔求助對象。〉

裡頭似乎正進行著意味深長的對話。

儘管聲音遭到扭曲而聽得不甚清楚，但摩耶總覺得這種說話方式十分耳熟。

複數人聲的來源……她在那道門前停下腳步。

——這不是我房間嗎！

〈第二次衝擊級的能量被封鎖在猶如冰般的黑色封閉系統裡……真是難以置信。〉

「！」似曾相識的聲音讓摩耶反射性地拍向開門器。

「是誰？」她在大喊後把門打開。

之所以大意地沒把警備部找來就踏入房內，果然是因為那個聲音讓她動搖了。

緊接著，嘈雜聲默默消失。

一如往常地，房間的主機ＡＩ在偵測到摩耶入內後開啟照明。

——沒有任何人在？

但摩耶並未漏看在這之前就亮著的液晶製圖桌，衝了過去。

「……這是什麼……」潦草畫出的概念圖，是某種概要圖吧。這四個並列的整流片會是EVA的肩部懸掛架嗎？

在水平設置的製圖桌中央畫著的圖形，以及潦草寫下的文字，最起碼是從兩個方向寫下的。即使想追溯研究概念，圖片也像是剛剛才貼上的，別說製圖的履歷，就連輸入紀錄都沒有。

然而上頭猶豫似的畫了好幾圈圓形。圓形上方排列著兩個像是不小心基於習慣而畫上去的——貓耳朵般的圖案。

摩耶打了個冷顫。

她忍不住長嘆了口氣。先小睡一下，之後再找人逼問吧。會做這種惡作劇的人——目前有……我想想，會是冬二嗎？

這是摩耶的思考表層。

正當離開製圖桌的她再度側眼瞥向設計圖之際，「啪嗒啪嗒！」被撞倒的檔案夾散落一地。她注意到位居關鍵的能量核心結構與接口。

無法移開視線的她，問向了「那個人」。

「……妳這是要我怎麼做呢——學姐？」

一如在第二次衝擊時觀測到的，末日衝擊的最終局面是以所有能量大解放作結。多半是重力子與光子，以及其他所有粒子的全振幅大海嘯——摩耶的眼球激烈追逐著所有粒子的路徑，最後全撞上了一個黑色接口。

「簡直就像是……時間停止？將最後一秒——不對，是連一秒都不足的時間……」

## ■沒有真嗣的上午

無人偵察機的反應中斷了。舊伊豆半島東南一二〇〇公里，南鳥島近海的太平洋上，至今仍無法窺知黃泉比良坂落點的狀況。

該海域全體遭到厚重雲層與電磁波的大規模突波覆蓋。穿越那片雲層而筆直伸向宇宙的海水柱，在不久之前宛如升天似的中斷了。

超級EVA化身為光之巨人，擋下最大直徑超過二〇〇公里的月球剝離大地黃泉比良坂。真嗣以自行引發的第三次衝擊能量，接住了黃泉比良坂。

當時在場旁觀並見證此幕的所有人們，全都怖懼於這種猶如神話般的情景而嚇得六神無主，難以說是做出了正常判斷。因為誰也沒有阻止他。

一晚過去，宛如自夢中醒來般，相關人員驚覺他們讓一名十七歲的少年背負起一切的事實，全都難以正視彼此。

「這是最新的天氣圖。」

儘管箱根內外陸續傳來受災情報，所有人卻都不太說話，默默進行接下來的即時測報計畫。

冬二由重返大氣層前的０・０ＥＶＡ特洛瓦機接收到海水柱觀測資料，卻遲疑著不知道該如何與周圍的大人們接觸。

通訊站仍持續呼叫著真嗣。

看來要下定決心放棄發出呼叫，得等到好幾天後吧。大家全都開始這麼想。

「我去上學了。」

推開指揮所大門的小不點綾波零No.希絲，此時穿著一套白色的制服。

正在討論該不該派遣直接觀測隊的工作人員們因為她的尖細話音而紛紛抬頭，但也只是瞥了一眼，誰都沒有搭理她。

唯有一人說道：「路上小心唷～」

美里彷彿沒事般地如此表示。這回換成她受到「咦？」的視線注目。

「畢竟」零No.希絲的ＥＶＡ——Ｆ型零號Allegorica——雖然沒有受到重創，卻有必要進行後腳的修理與補給，以及根據改造後的初次戰鬥再加以調整。「無論如何，她都無法出擊吧？」

「不，請等一下。」代理摩耶出席的科學部工作人員提出異議。

「關於軌道上的那場戰鬥，只有機體記錄器是不夠的，他們也有些想向希絲詢問的情報。」「這我也知道。」美里說道。

「社會人必須善盡職務，學生則得去學校上學——總之先這樣不是挺好的嗎？每次都被黑色巨人們引發的事件耍得團團轉，很讓人不爽吧。」

——儘管打倒了黑色巨人，然而地球直徑收縮與膨脹月球接近這種降臨於地球的災害仍持續著……既然看不見未來，反倒是黑色巨人們主張的奇妙神話受到人們肯定，才讓人最感害怕。

美里如是想。

「大家的高中今天有開嗎？」

「學校嗎……？」

突然被問到的青葉連忙敲著鍵盤。

「——好像有開。」

「很好。」

這是領導新箱根島——第三新東京的箱根山火山臼——最高負責人葛城美里的想法，希望市民盡可能地過著日常生活。倘若情況允許上學，兼作確認各家庭的受災現況的確認，本日各小中高學校也有開放校門。

然而青葉有點困惑。

「上課時間從第二節課開始……甚至能進行社團活動……這樣行嗎……？」

「冬二也想去吧？不過少了你很讓人困擾，就請你忍耐一下嘍，代理副司令。」

「唉……」

然而沒過多久，冬二就得立刻趕赴學校了。因為還不到三十分鐘，咬著麵包衝出指揮所的希絲便向指揮所發出緊急通訊。

美里咬著觸控筆，自桌面上的地圖顯示器抬頭瞥了一眼小型通訊視窗裡的希絲：「忘記帶課本了嗎？」視線旋即重新回到地圖上……

「？」感到不對勁的她再度望向希絲。

黑色的人影占滿畫面。

『真嗣在學校！』

「咦？」就算聽到希絲這麼說，美里的大腦依舊並未立刻反應過來。她最先在意的是為什麼大家……就連希絲都穿著黑色制服？而且竟然還是長袖冬裝。

自從第二次衝擊之後，日本就再也沒有冬季了。

## ■日常教室

教室內人聲鼎沸。

比起確認同學們平安無事的歡喜，更多人則是竊竊私語著如今發生在自己等人身上的異常事態，或是想以手機向外部取得聯絡。

「我試過了……！」

只見已有許多學生在確認了某件事而返回教室後如此說著。

「真的一離開學校，制服就會恢復耶。」

「這是怎麼回事啊？」

身高只及他們腰際的零No.希絲穿過好幾團竊竊私語的人群，走進教室。

在自己座位上的真嗣從書包裡拿出課本，即使膽大如希絲也並未直接靠近他。她改變位置，一面觀察著他……

——哇喔……！出現在此顯得很奇怪的不只是真嗣耶……

她朝著眼前獨自靠在置物櫃上，不和任何人互動的人物搭話。

「嗨，No.卡特爾，害怕的我。」

「嗨……No.希絲，不知恐懼為何物的我。」

遭到QR紋章汙染，導致頭髮呈現銀灰色的No.卡特爾——她是憑藉0．0EVA變異體，與SEELE化的加持一同逃亡中的綾波零個體。

卡特爾和周圍的女學生一樣，穿著黑色復古風的長裙與水手服。

她以拒絕他人靠近的眼神持續觀察教室內的情況，雙手交抱，以手指把玩胸前的淺藍色緞帶。

「這套制服……是不是很眼熟？」

聽她這麼說後，希絲也有這種感覺——記憶裡卻沒有相符的內容？

小不點零No.希絲來到No.卡特爾身旁，同樣將身體靠在置物櫃上。

她一面這麼做，一面反覆尋思——反叛的卡特爾為何會在這裡？難道是卡特爾的0．0EVA變異體侵入第三新東京內了？必須警告美里才行……

「妳的目的是什麼？……現在在幹嘛？」

「妳沒作過夢嗎？自從精神鏡像連結中斷，跟妳變成不再是『我們』而是『妳們』的關係後，我不時會作夢呢……」

卡特爾在說些什麼？

不對，比起這點……「那到底是怎麼回事？」

『真嗣在學校！』

只見兩名綾波視野前方的真嗣將從書包裡拿出課本，放進課桌。

「所以我不是說了——妳沒作過夢嗎？」

希絲循著這道聲音望去，發現同樣不該出現在這裡的兩人展開了無從估計的清算。

「沒錯，我的確做了相當過分的事。」

坐在座位上的劍介將手肘抵在桌面，盤起雙手。站在一旁的小光則以嚴峻的視線俯瞰著他。

「但我也不知道……自己到底希望相田怎樣賠罪……」

小光垂下眼簾，緩緩搖著頭。她對此一籌莫展。

情報部有著為達目的不擇手段的風氣。

NERV JPN與各國NERV斷絕了關係。為取得他國機構的情報，情報部特意洩密並提出交易。

「——我不會原諒你……」

為了取得德國NERV的聖遺物情報，劍介拿適任者資料來交易，導致洞木家在不知旅途實為誘拐的情況下前往歐洲，小光的姊姊兒玉沐浴到橫越歐洲天際的朗基努斯之光而化為鹽巴。NERV情報部於是將劍介調離任務，要求他立刻出面並進行搜索——在表面上。

「明明責怪我反倒讓人比較好受……這算什麼？以內疚來說也太半吊子了吧。」

總是擺出嘲諷態度的劍介也像是無地自容般，將雙手放在桌面上伸直，讓課椅前端翹起，仰望著天花板。

「真是過分的夢，不是嗎？」

「夢？——原來如此，我在作夢……這是我的願望……然而等真的見到面時，我卻不知道要說什麼呢。」

「等等，作夢的人是我吧！」

劍介忍不住大喊，全班同學都聽到了。

眾人之所以會分散成數個小集團竊竊私語，是因為情況太不合理，全員都認為這就像是在作夢。

——沒錯……這種感覺的確是夢。

教室內鴉雀無聲。正當本來糾結著的存在即將決堤之際——

「老師來嘍！」

這麼說著並自教室前門跑進來的，是在水手服上套著白大衣的No.珊克——早已不在這世上的綾波零個體。

真嗣對她的聲音有所反應：「班長！」

突然被真嗣點名，小光反射性地衝回自己的座位上喊道——

「起立！」——等等，現在的班長是碇同學——

小光的意識在此遠去……不，是相反才對——她清醒過來，來到夢境之外。

——現在的班長是你吧？你要何時才會改掉國中時的稱呼啊……我們已經高中二年級嘍。

「敬禮！」儘管聲音依舊響起，然而當大家抬起頭來時，小光的身影已從教室裡消失了。

## ■Ritterschaft（騎士）

「——嗯……」

「小光？妳醒來了嗎？真是剛好呢。」克勞塞維茲的聲音傳來。

作了奇怪的夢，大家都在學校裡……

小光在某個昏暗空間裡睜開雙眼，能朦朧看見一面彎曲地透著白色光澤的樹脂內壁。聲音是……從這個駕駛員調整槽外頭傳來的。

「——是……的……」

「不好意思，歐盟議會的議長想跟妳談談。雖說沒什麼比政客的競選行為更為無聊的事了……不過一下子就好。能請妳來通訊室一趟嗎？」

在藉助他人之手從調整槽內拖拖拉拉地爬出來後，她便將使不出力氣的手臂穿過外套袖子。腦袋一片空白的她在旁人的催促下坐上椅子，感覺甚至連有人正幫她化妝、亂碰著她的臉與頭髮都不太清楚。頭髮遭到梳理整齊，疲憊不堪的表情也在轉眼間以化妝掩蓋。

「瞧，變回大美人了。」

——碇同學，你在我面前變成光之巨人，擋下了月球剝離大地黃泉比良坂。就連我也明白，那是你與ＥＶＡ最後的力量——

事已至此，碇同學想必已經……

所以我才會作了學校的夢嗎？

由於與超越巨人的巨像交戰，以及替身插入栓過度同步，小光全然不記得自己是怎麼逃離黃泉比良坂的。

步伐依舊搖搖晃晃，她以手扶住狹窄走廊的牆壁——不，這是真的在搖？

她推開艙口。

「轟！」橫向颳來夾帶海水的濛濛細雨隨風飛揚。

「哇——」盛大歡呼瞬間爆出，無數相機鏡頭閃爍。小光儘管感到畏縮，依舊察覺到自己正身處在暴風中破浪前進的美國海軍巨大航空母艦上。



受創表面上滿布焦痕的歐盟ＥＶＡ就跪在甲板上。為了不讓它在重力下降導致的大浪中倒下，巨人被好幾條鋼索固定。將這個格列佛的腳邊擠得水洩不通的水手們紛紛注意到小光的出現，向她發出歡喜的呼喊。

「咦……什麼？——怎麼了……？」

被視為引發各種天災神災的最大敵人——黑色巨人阿爾瑪洛斯。

如今無論是哪間大眾媒體的頭條，都以特大新聞版面不斷重播著保存於歐盟EVA視覺紀錄的影像——黑洞槍〈惡魔脊柱〉轟掉阿爾瑪洛斯的上半身，給予它致命一擊。

實際上，在對決後打敗黑色巨人的其實是真嗣化為光之巨人的超級EVA（Heurtebise）。不過徹底毀滅它的確實是小光沒錯。

「打倒阿爾瑪洛斯的EVA Heurtebise。」

歐盟官方如此表示。待返回過去曾因為沐浴到阿爾瑪洛斯投出的朗基努斯之光，導致一百八十多萬人化為鹽柱而悔恨不已的歐洲後，想必將會有更加盛大的歡呼迎接她吧。

一夕之間，小光便成為打倒世界公敵的女英雄了。

■沉睡的真嗣

向走進教室的老師行禮後……不，照理說是這樣沒錯，學生們卻發現講台上不見任何人影。黑板上在好幾道作業問題前以粉筆大大寫著「自習」二字，螢幕則播放著遠距教學的錄影。

說起來，他們就連走進教室的是班導或授課老師都記不太清楚。

——小光明明消失了，卻沒有半個人感到驚訝。

小不點零No.希絲由窗邊最前排的座位上回頭觀察教室內的情況。

連她也驚訝於明明目睹這種狀況卻一點也不驚訝的自己。

——沒有思考曖昧不清的自覺……當中似乎有什麼奇怪的力量在運作呢……

即使如此……她望向坐在教室靠走廊約莫中間座位的個體。

——為什麼珊克也在？太不合理了吧。

珊克指的是綾波零No.珊克——過去曾有四人的綾波零同位體之一。

也是最為成長的個體。

儘管在三年前的舊NERV本部戰生存下來，爾後被賦予編號的No.特洛瓦是活動時間最長的綾波零型個體，不過培養時間較長的No.珊克從人工子宮裡被取出之際，身體成長便已超越了特洛瓦。她在前往月球進行武裝偵察途中死亡了。

這樣的她為何會出現在這裡？

伴隨嘈雜聲響逐漸轉小的畫面，希絲坐在影片聲音十分清晰的教室內思考著。

坐在最後一排的卡特爾將手肘抵在桌面上，向前排的劍介竊竊私語。

「在這種不合理的狀況下別說是感到疑問，感覺甚至莫名熟悉。相田劍介，你所說的『夢』的確是最為接近的呢。」

「真是多謝誇獎。」

劍介如此說道。他基於身為情報部人員而若無其事，卻仍不敢大意地持續觀察四周，語帶嘆息地回應卡特爾。

「倘若是誘導或暗示，才不會選擇這麼愚蠢的情境呢。雖然我也曾想過這或許只是想讓人陷入混亂啦。總之假設這是夢……至於是不是實際上作的夢則先不論。假設這是夢，又會是誰的夢呢……」

「你已經有頭緒了吧？」

「是啊，就是最為適應的那傢伙嘍……」

零No.卡特爾與劍介望向真嗣。

「如此一來，已經死亡的No.珊克會在也沒什麼好不可思議的，因為是夢呢……不過……」

珊克翻開課本的背影有種奇妙的存在感。

「──到底是怎麼回事……」

「什麼？」

「哎，算了——妳現在方便嗎？」

朝No.卡特爾低聲說道後，劍介悄悄地離開座位，打開教室後方的門。走廊上竟異常地安靜。

「除了我們班之外沒有人來……看來就是這樣吧。」

擺出以手遮在眼睛上遠望的奇妙姿勢來到走廊上後，他隨即走下階梯，卡特爾尾隨在後。

當他們來到排列著鞋櫃的學校玄關之際……

「原來如此，這裡就是夢與現實的夾縫吧。」

劍介舉起的右手在通過某個位置後模糊消失。

「你也是不在這裡的那一方呢。」

「逃亡中的卡特爾綾波同樣不可能出現在這裡吧。」

收回手臂後，消失的手便恢復了原狀。

「眼下這隻手雖然是真的，但我實際的右手可是義手呢。所以這若非幻覺，就是催眠，我打從一開始就知道這不是現實。」

「好啦。」劍介轉向卡特爾。

「卡特爾綾波，妳現在是與成為SEELE的加持先生在一起吧？」

「——那又如何？」

「妳去向加持先生提案，跟NERV JPN合作吧。」

即使漠然如卡特爾也一臉意外。但她立刻對此嗤之以鼻。

「加持怎麼可能會聽……況且這有什麼意義？」

劍介宛如要設置魔術的機關般，拾起卡特爾拋捨的話語。

「與其談論意義在哪，不如說是要明確化加持先生現在想做的事情概要，賦予這個提議意義啊。」雖然這樣的回答猶如詭辯——

「什麼意思？」卡特爾卻對此產生興趣。

「附在加持先生身上的SEELE相當執著於朗基努斯之槍複製品，曾說過那是他們SEELE所製造出來的，也對是否能順利將那把槍帶往下一個補完計畫的舞台備感擔憂。所以得讓NERV JPN以加持先生能夠接受的形式，向他保證槍的未來去向。」

儘管卡特爾目瞪口呆地聽著他的提議……

「如此一來妳也能回去ＮＥＲＶ。妳已經沒什麼反抗的理由了吧？」

聽到劍介補上這句話，她不禁別開了臉——視線明顯地逡巡不定。

「你怎麼會……知道這種事……！」

劍介微微聳了聳肩。

——只要看到妳望著碇他們時的笑容，無論是誰都會知道的。

「站住，劍介——！」橫向傳來的吶喊打斷對話。

接到希絲通知而趕來的冬二自學校玄關外衝了進來。

「哎呀……冬二，室內鞋！」

劍介咧嘴一笑，朝著冬二的方向——他所謂的夢境之外踏出一步……

「給我閉嘴！」

以穿著NERV上級人員制服的手臂使出金勾臂的冬二徹底揮了個空。

「砰！」失去平衡後停不下來的他撞倒了鞋櫃旁的垃圾桶。

劍介猶如變魔術般，消失在攻擊明明應該會打中卻揮空的地點。不知不覺間換上黑色立領制服的冬二驚訝地直眨著眼，一面找尋著他的下落。

「鈴原代理副司令！」

儘管攜帶觀測儀器的科學部工作人員好不容易追上冬二，卻像是被看不見的膜給推開，沒辦法由學校玄關踏入校舍裡頭。

看來要進入「夢中教室」是有條件的，重返境界的冬二收下了他們的儀器。卡特爾看著這樣的他，「哼嗯」了一聲。

「呃，妳是卡特爾……——啊，是妳將劍介轉移走的嗎！」
總算留意到她的冬二戒備起來，瞥了一眼自己手腕上的終端機。
現在箱根山火山臼呈環狀設置了八座曾在〈蘋果核〉留下實績的量子流動傾斜儀，正進行測量作業，能預防敵對個體轉移出現。
終端機卻未曾顯示任何警告——這是怎麼回事……
在劍介向她證明一旦越過這道境界，便能醒來前往夢境外的此刻，卡特爾毫不擔心地回應道。
「我同樣是被『這裡』牽連進來的，即使銬上手銬也沒意義呢。因為我跟相田與洞木同學一樣，是『夢中上學組』。」
「幹嘛在這時提到小光啊？」
「……我想，也許夢境主人認為她是能出現在這種日常風景中的人選吧……」
反叛的零No.卡特爾露出看似有點困擾，卻又感到安心的微笑。
「——妳說啥我都信，總之快大致說明一下吧。」
「自習？老師怎麼了？」見冬二由前門走入教室……
「喔，鈴原你來啦！你有注意到嗎？比方說制服……」數名學生向他搭話。

除了影片的教學聲外鴉雀無聲的教室內，彷彿回想起什麼似的嘈雜起來。

「怎麼可能沒注意到？這根本是老爸老媽時代的制服吧，真是莫名其妙。」

冬二環顧四周。喔，真的在耶——只見在靠窗的中間座位上，真嗣微微揮手向他打著招呼。

他興奮地揮著右手回應，卻被某人……

「好痛痛痛！」扯過他耳朵的是小不點No.希絲。

『有夠慢……！小光都不見了啦！』他被小小聲地痛罵了一頓。

——也就是像劍介消失那樣，在哪裡醒來了吧……

他將從科學部工作人員手上拿到的薄型攝影機，插在這套令人煩躁的黑色制服胸口口袋上，鏡頭自口袋裡伸出。

「咚！」由後門回到教室裡的卡特爾將肩膀上的包包——在學校玄關從工作人員那邊拿到的——放在身後的置物櫃上。那是寬頻的複合觀測儀器。

儘管冬二與NERV科學部的工作人員結伴而來，卻礙於不知為何除了冬二之外，在這個被劍介稱作夢與現實夾縫的地方，無論人員抑或儀器都會被推開，無法進入校內。而冬二不分場合地使用著，早已破破爛爛的學校指定書包卻能直接通過。他於是將觀測儀器塞進裡頭，交給了卡特爾。

他的耳朵上戴著小型受話器。

這些儀器全都直接聯繫至指揮所。由於希絲的電話能打通，照理說應該行得通。

正當冬二打算直搗核心，朝真嗣的座位走去之際……

〈你遲到嘍，鈴原同學。快坐下。〉

「是的，對不起……」

屈服於伴隨著強制力的奇妙話語，他垂頭喪氣地走向自己的座位。

「——等等……咦？」儘管已聽說她也在這裡，但自己為何會被No.珊克如此譴責啊？

指揮所並非透過影片，而是以每兩秒更新一次的靜態影像看著「教室」內的狀況。

指揮所早已接獲數名被捲入這場授課的學生們通報。針對「授課」內容因人而異的情況來看，他們認為這或許是喚醒各人記憶的催眠效果，亦即一種精神干涉，是以看著的是過濾靜態影像後的畫面。

「這是怎麼回事，甚至能從揚聲器聽到聲音耶？」

美里停下了擬定下一次偵察計畫的手，聳了聳肩。她能看到世界史古代部分的授課內容。

「ＡＩ似乎看不見黑板上類比推理的英文……圖像聲音辨識引擎一直重複著沒有情報可供文字化及圖像化的回答，電視教學的聲音也被判定只是接近正弦波的雜音。」

看來日向望見的是英文課。

「你怎麼想？」只見被美里問到的冬月露出一臉驚訝的表情——

「……教授？」

凝視著教師打扮的零No.珊克。

「……」得不到老人反應的美里轉向顯示器，以手上的頭戴式耳機直接下達指示。

『冬二，待在那裡或許很危險唷。也有精神攻擊的可能性……！』

聽到受話器傳來的美里聲音如此告知，冬二採取了行動。

他伸手抓起隔壁桌上的橡皮擦……

「好痛！」砸向前方隔了數排座位的真嗣。

誰？朝著轉頭的他，冬二豎起了大拇指。

你在做什麼啦──真嗣以唇語這樣反問。這是冬二所熟知的他。儘管只有瞬間，冬二的心情卻仍因為這極其自然的反應而平靜下來。不過──他猛然想起來到此處的理由。

冬二蹙起眉頭，探出身體。

──「咚！」他將單手手肘壓在桌面上發出聲響，因此而嚇到的同學們將視線集中過來。

「真嗣不可能在這裡……這是基於那傢伙固執己見的行動產生的結果。糟蹋他這份心意的你究竟是誰？」

真嗣的超級ＥＶＡ化為光之巨人，讓一座島降落在太平洋上──如此強烈的體驗儼然已成既定事實。唯獨這次，就連冬二也無法斷言真嗣會平安無事。

他卻宛如這一連串事件都沒發生過地出現在教室裡。

冬二懷著自己將地球放在秤上衡量後，利用了真嗣的決心，未曾阻止過他的內疚感，因此更加無法接受現在的狀況。

「鈴原同學？有話請等下課時間再說。」

儘管零No.珊克宛如班長似的說道，冬二卻依舊繼續說了下去。

「那傢伙可是打倒阿爾瑪洛斯，接住黃泉比良坂，保護了大家啊！」

「鈴原同學！」

「阿爾、瑪……？黃泉——」真嗣看似在反芻這些詞彙般地喃喃自語。

「沒錯！那傢伙啊……！」

「好了，到此為止。」

「唉……」如此表示的珊克嘆了口氣，冬二的視野瞬間莫名地扭曲了起來。

「請不要硬是叫醒他，鈴原同學。」

眼前的珊克正凶巴巴瞪著他。當扭曲恢復之際，冬二已和她待在走廊上。

——發生了什麼事？試圖整理事態的冬二踉蹌地踏了一步。

儘管之前注意力都被真嗣給引開，但他如今總算發現珊克不太對勁。

「那孩子一心想要阻止著什麼呢。」

——她是長這樣的嗎？

「衝擊的時間在倒數0．82秒時凍結，阻止了最大顯現，受災狀況比預想的還小對吧？反過來說，便是真嗣的餘命剩下0．82秒，因此現在不能讓他醒來。我會試著想辦法的，再讓他暫時作一下夢吧。」

不明所以的冬二蹙起眉頭，直直盯著零No.珊克。

「啊……還是說我穿高中生制服很勉強？——抱歉，因為覺得很懷念，就………」

在指揮所經由冬二胸前的攝影機觀看情況的冬月恍然大悟。

聯想到的人物影像形成輪廓，他總算將那個名字從記憶深處打撈上來，忍不住喊了出口。而話音也微微傳入冬二的受話器——咦……？

「……唯是真嗣的……」

有著珊克模樣的她推開教室大門，一面回頭朝他嫣然一笑。

「鈴原同學，真嗣就請你多多照顧了。」

「咚！」背著手的她把門關上。

在這瞬間，留在走廊上的冬二視野再度扭曲。這回他站在校舍外——不，是一屁股坐在地上才對。他被丟出去了。

正確來說，真嗣並不記得自己母親的長相，所以唯借用了外貌與她最為相似的珊克形象，進入他的和平之夢。

「這樣判斷可以嗎……」起身的冬二挺直腰桿。

毫無證據可言。

不過是中了奇怪的集體催眠——要是憑藉理性判斷就會得出這種結論吧。

噴射機的轟鳴聲響徹第三新東京市上空。戰自的大型無人機從箱根山火山臼南壁的大觀山機場起飛，恐怕是在做感測器測試吧。冬二頭上的無人機在市區上空繞行一周後，便朝著黃泉比良坂落點開始加速。

科學部工作人員指著反方向的天空。

「喔，回來了。」

與之相對地自西側天空衝來的，是0・0EVA特洛瓦機。

零No.特洛瓦讓恢復人形的明日香與US EVA駕駛員真理一同搭乘，基於事態而緊急返航。

由於離得很遠，看起來飛得很慢。不過即使經過最終減速，它依舊飛得猶如小石子般猛烈。

在抵達上空前拋下的伽馬射線雷射砲與推進組件張開了大大的降落傘花束，朝蘆之湖緩慢降落，EVA本體則從火山臼山脈上空飛越而去。

「在這種強風中做得還真好耶。」

巨大衝擊波遲了一會才傳來。「轟隆！」他剛摀住雙耳，聲音便隨即響起。

０・０ＥＶＡ本體展開絕對領域，預定降落在火山臼山脈外的海面上。

這個奇妙的教室明天也會在嗎？冬二湧現了想看看零No.特洛瓦與明日香會做出何種反應的心情。

「等等，三人共乘下，絕對領域有辦法順利展開嗎？」

## ■黃泉比良坂新島

新島整體隱藏在厚重雲層中。之所以能相對較早地目視到最高峰，是因為那樣的高度無法形成雲層。儘管或許遲早會崩塌，但海拔一萬九千公尺，甚至突出平流層底部的山頂高度，即使讓喜馬拉雅山最高峰增加兩倍都抵達不了。

維持目前世界通訊的平流層飛船網路，想必會被迫重新調整航路吧。

美國與歐盟的大型觀察機在厚重雲層周圍繞行過無數次，提前一步確認落下的黃泉比良坂在太平洋上形成巨大新島。

大致呈五角形的台地地形島嶼。

落下的能量則讓周圍的深海海底隆起，形成環狀列島圍繞在新島周遭。

儘管有好幾架無人機在闖入後斷絕通訊，其中一架的操作員卻傳來在霧氣中朦朧望見好幾層大型森林的報告。然而，黃泉比良坂是從別說植物，就連空氣也沒有的月球上墜落而來的岩塊，任誰都指出這是錯覺。即使有葉綠素反應留在紀錄檔上，也被當成機械故障，沒有人相信。畢竟那架無人機在通訊中斷前所拍攝到的畫面，實在過於超乎現實。

看似大規模地滑的存在，竟是如山般巨大的怪物背部。

# #9各自歸還

## ■白衣派對

「不要，我一點都不想去。」明日香說道。

冬二還以為她會有興趣。

他將白天自己與希絲在高中拍攝到的畫面，以液晶平板展示給她看。

那是連他自己都難以判斷是否為現實的紀錄。

「但是真嗣在那裡喔。」

在黃泉比良坂之戰中化為光之巨人的真嗣，彷彿沒發生過戰鬥般地出現在教室裡。

「嚇一跳了吧？」

「他是因為太寂寞，化為鬼跑出來了吧？與其談論這件事，快給我好好解釋一下小光為什麼會坐在歐洲的ＥＶＡ——」

小不點零No.希絲以手機拍到的畫面上，出現如今人並不在第三新東京的小光，讓明日香瞠目結舌。此外，過去跟隨加持，眼下則背負著各種嫌疑的ＮＥＲＶ情報部職員劍介也現蹤了。

儘管明日香對她獨自前往月球進行武裝偵察期間的地球情況毫不知情，可說是理所當然的。但她就連在與ＥＶＡ融合為整合體期間的記憶也有點朦朧不清。

是以她反倒執著於出乎冬二意料之處。

「現在沒在跟妳說這些。快看教室啦。」

關於這間教室的怪現象，美里與冬月等NERV JPN首腦群所投入的心思似乎比他想像的還要低。

真嗣的殘存意志受一連串神話性的超常現象牽引，以眾人能認知到的形式顯現——他們好像打算以此為結論，結束此事。

他們是大人，明白要讓事情告一段落，便得做出某種妥協。

亦即真嗣的死。

儘管曾陷入好幾次難以歸還的事態，這次卻連物理性的線索都沒有了。這是事實。

過去ＳＥＶＡ化為鹽柱之際，冬二的確也真的做好真嗣已死的覺悟。

儘管如此，他仍以出乎意料的形式出現了。那麼就算再相信他一次也行吧？

冬二想讓明日香成為認同者，將她捲入這件事裡。結果她卻是這種反應。

「說起來，大家怎麼會穿成這樣啊？」話題這次轉到制服上了。

「無論穿什麼，一踏入那間教室都會不容拒絕地變成那副模樣啦。」

〈那間教室是真嗣的夢。〉

真嗣的母親借用死去的珊克模樣，如此表示。

一旦踏入那間「教室」，便會強制改寫形態而換上的那套黑色制服，是唯學生時代的制服——情報部立刻查出了這點。亦即儘管她說這是真嗣的夢，那間教室的形成卻跟珊克模樣的唯有著很大的關聯。

「這是哪個時代的制服啊？我才不想穿這麼土的衣服呢，所以不會去唷。」

「喂，重點是那裡嗎！」

冬二以空出的手掌吐槽。「嘎哈哈，土氣土氣～♪」嘴邊全是番茄醬的小不點希絲彷彿感到可笑似的笑著。

如今，明日香身上已不見將她吞沒的無數生命情報的痕跡。

然而或許是因為取回個性、個人的姿態仍未過多久，在這世上重新構成的金髮碧眼十七歲少女的物理形態其實很不穩定。

有時即使以肉眼也能看見她的身影，像是沿著輪廓緩緩地溶解開來般地化為粒子搖晃，並在被聲響嚇到後恢復為原本的模樣。

搭乘特洛瓦機歸來的明日香讓前去迎接的人全嚇了一跳。身為結束漫長旅途的歸還者，她受到熱烈歡迎。

美里幾乎要把人壓扁地抱住她好長一段時間。

與明日香一同歸來的ＥＶＡ駕駛員——零No.特洛瓦、No.希絲，以及US EVA的真理，目前正待在綾波的調整室裡。

為了確認長期混濁的生物資訊與進行宇宙戰後的追蹤觀察，因此這個滿是測量儀器的白色房間正處於生物監測狀態。

這件事意外地讓她們等了很久。

她們的科學檢證之所以毫無進展，主要是因為同時兼任科學部主任的摩耶目前正在整備室裡專注地做著什麼事。然而就連冬二也搞不清楚她究竟在忙些什麼。

總而言之，調整室眼下正處於女孩子睡衣派對的狀態。為了看明日香的反應而跑來的冬二，就像是誤闖了女孩聚會般有點坐立難安。

穿著白色的半袖病袍，明日香、零No.特洛瓦、No.希絲，以及真理將從各自的擔架床上拖下來的毛毯與床單攤在地板上排成圓形，隨意坐在上頭。

儘管是冷凍食品，那裡卻擺著無數披薩，全是美里送來的。名義上這好歹也是小不點綾波No.希絲所提出的明日香回歸慶祝派對。

當中讓人意外的來賓是US EVA的真理。

跟希絲一樣嬌小的她此時仍被抱在明日香的腰上。儘管總算能斷斷續續地說話了，然而她整個人都變了個樣。

希絲讚不絕口的貓耳朵沒了。

與明日香一起被空間透鏡分光，於焦點重新構成的真理生物體上，過去編入的動物基因盡數消失，出現在那裡的並非基因不穩定的實驗體，只不過是個健康的小女孩。

想必無論是誰都會覺得這是個美好的快樂結局，但幸福因人而異。達觀的少女消失了，感受不到自身〈族群〉的真理總之是不知所措，於是像這樣黏著明日香不放。

特洛瓦將自己不愛吃的義大利香腸薄片從披薩上剝下，遞到死守明日香胸口的真理面前。

「汪嗚！」見真理相準時機咬住義大利香腸後，特洛瓦抽回手指。

「汪嗚！」總覺得特洛瓦一直重複著這個行為——難道是覺得很有趣嗎？

「……真是個讓人搞不懂的集團啊。」

無計可施的冬二只得說出事前準備好的台詞。

——要這種小手段真讓人難為情啊。

「總覺得那間教室裡的真嗣好像把妳的事情給忘得一乾二淨了呢。」

——不行，也未免太明顯了……

「你說什麼？」

——喔！為了不讓差點放鬆下來的想法顯現在臉上，冬二繃緊了表情。

——喂喂喂……

紅色的魚瞬間上鉤了。儘管不至於像以前那樣要求特別待遇，但是對明日香而言，與自己的成果成比例的旁人眼光是不可撼動的存在。

零No.特洛瓦有注意到，冬二的話語其實是為了讓明日香想去教室的虛張聲勢。而造訪過那間教室的No.希絲則開了口：「嗯？真嗣有說過——」

——這種話嗎？她正想這麼說，No.特洛瓦便倏地將塑膠叉子遞向她的嘴，讓她咬住插在上頭的青辣椒。

咬。

「嘎！」希絲的頭髮瞬間像是炸開的蔥花般倒豎起來。

身體年齡較稚幼的小不點零No.希絲對刺激物相當敏感，伴隨好幾個生物監測圖表飆到頂點，

「啪！」她朝著趴在一旁的狗狗安土倒下。

零No.特洛瓦之所以會在看到明日香的反應後瞬間阻止希絲，是她認為自己對真嗣的狀況雖然束手無策，但若交給明日香便說不定有辦法，於是反射性地做出這種判斷。

——這個決定沒錯。

採取行動後的她，卻發現自己無法接受就這樣交給明日香處理的決定。

心裡總覺得不太舒暢。

## ■夜半襲擊

「請關掉十五號大廳旁的燈，太亮了。」

「ＴＤＦ——大觀山ＣＰ收到。」

春日二佐的聲音下令。『ＴＤＦ——大觀山ＣＰ呼叫AKASIMA——遠藤，進入戰備體制。』

「AKASIMA收到。開始待命。」

位於蘆之湖南側，大觀山西方，在徵收的高爾夫球場裡，戰自的大型威脅個體戰專門兵器AKASIMA在高台上卸除好不容易才整備完成的長距離旅行裝備。

$N^2$反應爐與渦輪機高聲轟鳴。當重量級的四肢充滿動力後……

「嗡♪」一道提醒機動的警笛朝周圍傳出。它站起身來。

解開好幾道活動安全鎖的它卸除防水罩。本來固定在雙手上的貨櫃留在鋪設著疊了三層重機具用棧板的地面上。

「陀螺儀校正檢查。」

「GC（陀螺儀校正）檢查通過。」

「明明想快點追上409的……會被NERV JPN笑我們沒計畫性唷，春日學長。」

待在AKASIMA駕駛艙內看著操縱員安排行程，指揮席上的遠藤向大觀山控制台抱怨起來。

『即使是誤報也無所謂，准尉。在讓國旗飄揚於黃泉比良坂上前，先去做點工作吧。』

「遠藤收到。」方才卸除的其中一個貨櫃，裡頭其實裝著巨大的日本國旗。

戰自全力投入災區救援及支援，當中空自與海自早就開始著手觀測新島黃泉比良坂。

不過除了他們之外，儘管打著聯合國立即反應部隊的名義，但各國部隊一窩蜂地湧來觀測小笠原近海的黃泉比良坂，漸漸越過領海的狀況，讓他們不得不擺出主權國的態度。

於是駐紮於如今已分裂的伊豆半島與本州之間，突出海面成為島嶼的箱根山火山臼南側的戰自對使徒立即反應部隊——通稱AKASIMA部隊——便雀屏中選了。要他們開著裝甲巨人前往觀測，順便插上國旗。

戰自的機械巨人——機動兵器AKASIMA能在地面或海面上產生氣墊浮空，進行翼地效應飛行。不過由於受到重力下降與月球接近影響，目前海面並沒有風平浪靜到能勉強進行長距離飛行。

因此他們將經由現代化改裝而大幅增加預備浮力的伊404與伊405——用來輔助AKASIMA，必要時會將這架機械巨人由背部固定其上以運送的超大型雙體船型潛艦——並排，以駕駛室翼台結合為伊409特型改，讓它先行出發。

這是伊409向陸地發出的報告。

它與複數回波不清晰，全長約一百公尺左右的平面狀「塊狀物」擦身而過。

這些塊狀物乘著巨大海浪，以高速朝伊豆半島方向前進。

並未發出警告的原因在於對象是以二次元平面狀展開的，他們研判這恐怕是因為黃泉比良坂落下，自周邊海底湧出的天然物質——諸如油膜之類的存在。而政府與統合幕僚部附屬人員、科學相關人員也都做出一致的判斷。

之所以啟動AKASIMA，其實是基於春日的現場判斷。

『這種事交給NERV處理就好了吧。』

遠藤再度抱怨著，畢竟他是從清晨出擊的小睡之中被挖起來的。

「NERV JPN失去了超級EVA，回歸的EVA也全都損毀——這是大觀山機場管制室的值班人員看到的。他們沒辦法立刻出動。」

春日二佐邊說邊環顧陳列在大觀山控制台內的顯示器群，其中一個伴隨著警告聲改變了顏色。是偵察直升機的回報。

「Spotter 3傳回發現該目標的第一報，正逐漸接近伊豆半島方面的海岸。」

戰自偵察直升機的觀測員望見奇妙的光景。

那個被紅外線雷射照出的存在初次映入眼簾之際，本是幾乎無法與海面區分的油膜狀物體。它的中央部分卻突然隆起，開始扭動起來。

「Spotter 3呼叫TDF——大觀山CP，觀測對象的形狀從二次元的『平面』變成三次元的『立體』……那是類似蛇……不，是魚的生物嗎？」

有著三隻的生物激起海浪，一窩蜂地湧上伊豆半島海岸。

看似不具視覺器官般地亂衝亂撞，撞上懸崖的個體，以立體化後仍將近有七〇～八〇公尺的龐大身軀不斷反覆衝撞。

當牠終於撞倒懸崖，跨越過去時……

「喂，你們快看……牠長出腳了！」

無論是直升機的觀測員，抑或大觀山控制台的工作人員，腦海都紛紛湧現兒時記憶裡曾看過的圖書與影像。倘若當年曾翻閱生物圖鑑，就會聯想到鰓呼吸進化到肺呼吸的那頁圖畫吧。

「水生生物登陸……」

那些東西橫衝直撞，像是要驅散似的吃起樹木。

「注意！大觀山西南西的三島海岸也有同種物體登陸，數量2！」

伊豆半島這邊的箱根山火山臼也有相同的怪物開始登陸。

「咚咚！」不待命令，AKASIMA發動了。

渦輪機本來維持於低檔的轉速飆高，AKASIMA在衝了數步後變形為地面效應飛行形態，卻因為升力仍不足而「咭吱咯吱」地刮著地面。即使如此，它依舊讓火箭助推器噴火，並在變形完成之際貼著斜坡滑行下去。

『遠藤？』

「裾野與岩波開始有市民回來了！」

如今成為海岸線的裾野與岩波地區，有著大型城鎮。

基於直至前天為止的騷動，極有可能遭受氣象及海象災害的外輪山外側居民們被第三新東京收容，越境（因為是聯合國的租借地）至火山臼內避難。但有一部分的居民自發性地返家了。

不出所料，他們擔心的事情馬上發生了。地區警察打來的電話紛亂響徹躁動不已的戰自控制塔房間。

「市區進入戰鬥狀態的轉換率是七〇％！」

NERV JPN本部指揮所基於戰自傳來的情報，以及自身擁有的無人機觀測影像，向第三新東京及箱根山火山臼內全區發出警報。

「為什麼量子流動傾斜儀沒有掌握到接近！」

整備室裡疲憊不堪，雙眼卻直視前方的摩耶隔著螢幕，回答冬月位於指揮所的質問。

『那個並非萬能感測器，而是專門針對轉移狀態的對象。由於一般動體在量子等級上的動靜太少，無法進行雜訊分類，我有寫在規格書上吧？』

咦，為什麼呈現反抗態度？「摩耶，到指揮所來。」

美里連忙插嘴命令道。

『我現在離不開。那邊的狀況我有留意，所以——』

「有自治體傳來詢問！」青葉喊道。

「回覆確認中！登陸個體存在複數，且可能具備使徒級的威脅！」

冬月代替美里吼出只能這樣回答的答案。

青葉露出一副挨罵的模樣。

頂部甲板，美里背後的電梯門開啟。

「妳們別上來指揮甲板！」

「你在囂張什麼啦！」

以被推來的冬二為首，依舊穿著病袍的明日香、真理、零No.特洛瓦與No.希絲，甚至連她們的監視機器人與狗狗安土都出現了。

「妳們幾個正受到追蹤觀察，是待命中吧。」

「這是什麼……」

那是西側外輪山由三國山至海岸邊形成新港口的城鎮影像。

映照在主顯示器上，以增感後看起來稍微亮一點的夜晚市區為背景，宛如黑色蜥蜴的物體撞倒建築物移動著。

「為什麼會有『敵人』？」

明日香喃喃自語，聲音隨著怒氣上升而逐漸變大。

「真嗣與小光打倒了阿爾瑪洛斯吧……為什麼還會有敵人出現？如果不是快樂結局很奇怪吧！我的貳號機明明也已經不在了！」

這句話聽在美里耳中，就像是如此主張著。

〈世界毫無改變。〉

儘管市區的戰鬥區域已經展開，卻未見任何動作。導引武器當然能攻擊到火山臼外側的目標，但那裡有著一部分已經回家的市民。

特洛瓦提議。

「葛城司令，請在0・0EVA的機體上裝備地面武裝讓我出擊。就算只有一隻手——」

冬二代替美里回答。

「兩架都在修理中啦。特別是0・0EVA還必須把手接上，所以將核心卸下來了。」

「希絲？」美里背對著他們喊道。「我在。」小手舉了起來。

「太好了。妳還不想睡吧？」

「嘴巴麻麻的。」

「要是真的不行，就得請妳在後腳故障的狀態下出擊了。在整備室搭乘待命。」

接著，美里朝欲言又止的No.特洛瓦說：

「雖然特洛瓦對F型零號機也駕輕就熟，但Allegorica改裝後的機動經驗只有希絲有吧。」

與此同時，畫面上的怪物不知是跌倒抑或特意為之，以實在難以判斷的動作一頭撞向避難市民的車隊，吃掉了好幾台車輛。指揮所一陣譁然。

「那難道是用來殲滅人類的生物兵器嗎？」看來已經不是說什麼「要是真的不行」的時候了。

真理握著明日香的手，彷彿能聽見聲音般地喃喃自語。

「……那孩子只是餓了——」

■本能

怪物開始四處追逐著回來檢視家中狀況的市民們。

儘管在伊豆半島方面是吃植物的怪物，然而這個個體的登陸地點是市區，缺乏植被，所以或許只是碰巧捕食了人類也說不定。但是一度嚐到滋味後，牠便再也不理會零星分布在市區裡的樹木，開始只追著人類捕食。

發出怒濤般聲響與振動逼近的怪物，讓人們陷入恐慌。

車輛與人潮一窩蜂地連忙掉頭，瞬間將道路擠得水洩不通。

怪物並未放過特地聚集起來的人群，黑色的龐大身軀朝著這裡大跳而來。

「各位，咬緊牙關！」AKASIMA就在這時從側面撞來。

怪物的表面在接觸到的瞬間亮起。

徹底接下AKASIMA動能的黑色怪物被撞飛了。

「有看到剛剛那個嗎?」

以好幾條耐衝擊背帶固定身體的遠藤,向同以懸浮背帶吊著的攻擊手問道。

「那是絕對領域,不會錯的。」

「現在方便嗎?」一直在看著螢幕的操縱員喊道。

「無所謂。你說吧!」

「我在撞擊牠時並未感受到骨骼存在。」

「──我不懂。這樣牠為何能做出脊椎動物般的動作?」

「機體失速。要彈開了!」

「了解!轉換為格鬥形態。」

不尖銳的船型機頭在變形時會成為AKASIMA的胸口。

它就這樣讓黑色怪物掛在上頭,猶如要撞上去似的衝向市區邊緣的大樓。

AKASIMA前滾般地撞毀建築物,一面自對側穿出。此時它已漸漸完成格鬥形態的變形,並在著地前利用特意延遲收起的單邊機翼與推進器動力,將重量級機身正面扭向已經甩開的怪物著地。

速度尚未抵消,它「咯吱咯吱」地粉碎著森林後退。

被甩落在瓦礫堆上的怪物站了起來,看似將AKASIMA視為敵人而衝來。

「通過開砲規定，準備二〇連機關砲。」

「收到！……這會是使徒嗎？」

「不清楚，照理說使徒裝著血與內臟的皮袋似乎是絕對領域，甚至連人類有時也會在瞬間發出藍色波形——目標，中心線——發射！」

轟隆隆！

縱五行橫四列合計二〇門的大口徑砲，以高初速連續射出砲彈之牆。儘管黑色怪物將絕對領域接連移動到中彈部位上抵擋了將近一秒，卻依舊於下一瞬間爆炸四散。

「成功了！」

「大觀山控制台，裾野新港登陸的威脅個體殲滅——尚有其他隻，別鬆懈了。」

戰自的大觀山控制台發出Ｆ型零號Allegorica侵入戰區的警告。

『ＴＤＦ——大觀山ＣＰ呼叫AKASIMA。請注意，ＮＥＲＶ的新型四腳機越過蘆之湖天際線了。』

在戰術地圖上，Ｆ型ＥＶＡ零號機作為新的移動圖示被標示出來。

「它是要對付從岩波側登陸的個體嗎？……那傢伙是怎麼了，還沒修好就出擊了嗎？」

憑藉將$Ｎ^2$反應爐產生的重力子以階梯狀排列的浮筒，宛如重型ＶＴＯＬ般飛行的Ｆ型零號Allegorica看似想先透過狙擊觀察對手。它並未進入戰區，而是在降落至傾斜的山峰表面後，將反絕對領域領域侵攻銃〈天使脊柱〉瞄準目標。

正考慮要不要前往支援的遠藤收到更迫切的急報。

『Spotter 1回報湯河原方面有兩隻新個體登陸。』

受到導引武器轟炸，讓東方天空的雲朵看起來像是變亮了。「走吧！」

背後傳來閃光，遲了一步發出巨響，零No.希絲的F型零號機將一隻黑色怪物給炸飛了。

在那道閃光中開始移動的AKASIMA裡，遠藤望向自己等人方才打倒的個體屍體……

「……這是什麼？」

就只是濕答答的地面。

「裡頭是水……是海水嗎？——沒有皮膚也沒有內臟……！」

為了排除下一隻登陸個體，AKASIMA以高速移動著。

在那之後同樣有新的怪物陸續登陸，演變成持久戰。

NERV JPN指揮所——

「儘管個別來看還有辦法對付，但數量眾多這點很棘手。」冬月表示。

「如此一來，就得看機體與駕駛員的消耗了。我去跟戰自商量一下分擔地區，沒問題吧？」

「有勞了。」美里說道。

「通過開砲規定。」

『Spotter 1回報湯河原方面有兩隻新個體登陸。』

「本州沿岸也陸續收到同種個體的登陸報告——啊……葛城司令。」

青葉看似難以啟齒地呈報。「這是第七件出動要求。」

「回答本島現在也正受到襲擊，無法回應要求。」

美里也重複著第七次的回答。

「島外的狀況如何？戰自應該展開部署了吧。」

「有戰自部隊以高效率迎擊之處，也有任由怪物破壞蹂躪的地點，人員傷亡的數量也很多。」

繼青葉之後，日向說出科學性的見解。

「各地的登陸順序依序是小笠原諸島、伊豆諸島、伊豆半島、本州的南側與北側。」

「能藉此得知什麼？」

「看起來是幾乎同時由黃泉比良坂呈扇狀出發的。」日向說道。

「或許並非扇狀，而是圓形也說不定……」

與此同時，青葉底下負責市內管制的工作人員喊道。

「第三新東京市內，北仙石原地區出現同一對象！」

那是與戰鬥地區及沿岸無關的場所。

「突然出現在市中心？這是怎麼回事？快顯示在地圖上！」

新的敵對個體圖示立刻亮起。「是那裡！早川沿岸的……」

「我們太大意了！」美里敲著控制台。

「牠是沿著河道逆流而上的！」

「不好，該地區的避難所就在旁邊！」

近戰防護的機關砲群噴出火光，在怪物的領域表面上激起火花與煙霧後彈開。

然而宛如蜥蜴般低姿勢爬行的怪物卻從大樓底部鑽著火砲的死角前進。

「希絲機呢！」

「它在火山臼對面。距離是……」

『我立刻過去……呃呀！』希絲正要回應，才剛起飛的F型零號Allegorica便遭到對峙中的個體咬住破損垂下的後腿，被砸在地面上。

「希絲！」

黑色怪物開始撞擊居民避難所的地面設施。

該個體彷彿聞得到生物的味道，看似對其他事物視若無睹地接連撞倒擋在中間的建築物，或是由縫隙間鑽過，最終抵達了地區居民的避難所。

連撞了六次後，地面部分終於還是被破壞掉了。地面部分是通往地下避難所的入口，同時也是覆蓋地下設施的防爆緩衝區，算是一種間隙裝甲，但要是被挖翻出來就沒用了。

指揮所內騷動起來。「快準備以導引飛彈集中攻擊……！」

「等等！」冬月連忙打斷美里的決斷。

「這裡準備的全是預設面對使徒級威脅個體，對付大容積敵人用的高貫穿彈、鑽地彈，只要發生一次誤炸，正下方的避難所就會……！」

「注意！量子流動傾斜儀預報有東西要轉移出現了！位置——舊神山台地！」

即使日向這樣大喊，依舊沒人能立即反應過來。

哪怕回溯過往，也從未有過會襲擊人的大型威脅個體。

這種恐怖超乎預期，使眾人全在無意間陷入了恐慌。

曾是箱根山火山臼最高峰的神山在舊薩哈魁爾戰中被轟掉山頂。在那個變得平坦的頂部，有某種光畫出了圓形殘像。

『你們好像正在忙啊。』

這是經由更新前的戰術網路，在指揮所裡響起的已解碼音訊。

美里嚇了一跳，因為那是加持的聲音。

下一瞬間，自神山發出的三十多道光刃宛如暴風雪般衝過市區，貫穿黑色怪物。正要打破避難所天花板的怪物就像是被針戳破的水球，「咚！」化為飛沫。

「……那是——」

位於火山臼南方，總算打倒敵人的希絲在遠方望見似曾相識的那道光。

「那是瑪爾瑪洛斯的武器……！是No.卡特爾的0．0EVA變異體！」

『儘管有事想商量，但我們還是下次再來吧。』加持的聲音留下這句話。

0．0EVA變異體出現在顯示器上的敵對圖示顏色變了。

「舊神山台地再次出現轉移徵兆！」

「等、請等一下！」

美里抓起對講機，朝著麥克風大喊。

「良治！如果是SEELE的你應該知道吧，那個到底是什麼東西？在打倒黑色巨人阿爾瑪洛斯之後，為什麼還會有襲擊？」

沉默了一會後，對方答道。

『襲擊？妳還在說這種事啊。那只是得不到生命的生物殘渣溢出來了，即使置之不理也會立刻死去唷。捕食行為不過是欲求，無法連結到成長與繁殖。』

「為什麼這種東西會溢出來？」

『因為樂園就要開啟了啊。』

留下這句話後，0．0EVA變異體卡特爾機的圖示便從地圖上的舊神山台地上消失了。

「請等一下！我還有話要問——等等！」

「美里小姐，總司令！對方已經離開了……！」

「冬二……」

「敵人還在……」

自ＮＥＲＶ本部望去，閃光由西到東接連舊奔馳過神山台地對面的天空，看來是湯河原海岸一次登陸三隻的怪物被戰自的攻擊機一起以油氣彈給炸毀。而這便是襲擊的頂峰。

之後登陸的個體數量急速減少，黎明前時終於再也沒有出現了。

一如成為SEELE容器的加持所說的，在比箱根更早被怪物登陸的諸島與伊豆半島上，所有個體都在從海上侵入數公里後停止動作，最終溶解消失。

## ■各自歸還

「哈啊啊啊。」呵欠停不下來，好想睡。

隨著騷亂的一晚過去，各種問題依舊懸而未解的冬二趕赴高中上學。畢竟就算丟著這些問題不管……不，該說是他相信這麼做能解決問題，因此打算去見真嗣與零No.珊克。

不過……他抓了抓頭。

——該如何向他們搭話、問些什麼事？他一點頭緒也沒有……

與現實重疊的真嗣夢境〈場所〉的境界似乎跟昨天有點不同。今天是位於穿過學校玄關的入口前……

「喔！」他換上了那套黑色制服。

一旦到了第二天，即使是仍然無法解釋的怪現象，眾人似乎也習以為常了。只見好幾名學生在此進進出出，好像覺得這種快速變裝相當有趣。

「唉，就算沒穿制服也會像這樣幫忙換裝，說起來的確很輕鬆呢。」

那是真嗣的母親——唯學生時代的制服。如此一來便能排除出現在教室裡借用珊克模樣的唯是真嗣夢中產物的可能性了，因為他並不清楚自己母親的模樣與經歷。

「也就是說，這是有著老媽經手製作可能性的兒子夢境……」

——該怎麼說才好……兒子本人沒注意到的話也太羞恥了吧？

「嗯？」今天還沒進教室就已經吵吵鬧鬧的。

——是因為其他班級的學生也被叫來上課嗎？

「不好意思，請讓一讓……」

冬二踏進教室，扁平的書包隨即「啪！」掉在地上。

只見教室中央縱四行份的書桌全都被推到一旁，擺著相當寬長，像是圓筒型的物體。

會說「像是」，是因為那個物體藏在看似從兩三間教室裡扯來的窗簾底下。不過窗簾沿著那個圓筒的前後兩端，呈圓弧狀流瀉到地面。即使不仔細查看，冬二也已經知道底下是什麼了。

——那是插入拴……等等……是怎麼把它放進教室裡的啊？

零No.特洛瓦已先行到校，乍看之下面無表情的她傻眼地悄悄向冬二指著窗邊。仔細一看，窗框與水泥牆上有著細線……

——難道是將窗邊牆壁整個切下，用重機具運進來的嗎！會幹這種蠢事的……

〈敢偷看裡頭就踹飛你！〉

以明日香的筆跡這樣寫著的影印紙，正貼在披著物體的窗簾上。

嘈雜……嘈雜……

班上同學們比昨天還要感到莫名其妙地竊竊私語。

——不好，總覺得有種想向大家道歉的心情……

「冬二——這是……」由無地自容的他背後傳來話音。

昨天我方沒能掌握行動的主導權，畢竟此處是這傢伙的〈夢〉，因此今天也會一樣吧。冬二本來是這麼想的。是以這出乎意料的反應讓他「喔！」地轉頭看去。

「這……是那個吧？」滿臉驚訝的真嗣站在那裡。

咻砰——！

猛然推開教室前門的，是目前獨占這個空間全部話題的明日香。

即使沒有特別留意，她依舊走出了英姿颯爽的模特兒台步。一度剪短的金髮長長飄逸，踏著俐落步伐走來的那道身影，散發出宛如從後方逼近的高級車般的壓迫感，任誰都會忍不住讓道。

儘管毫無自覺，但明日香太過高興導致表情變得很可怕。

一旁傳來「啪嚓」的快門聲。

將明日香表示一點都不想穿的舊式制服模樣給拍下來的人是特洛瓦……

「因為妳應該會出現，她要我拍下來。」用來拍照的是希絲的手機。

「別拍啦。」不悅地說道的明日香——重新打起精神，做了個深呼吸。

拜此之賜，奇怪的表情從她臉上消失了。

「真是美好的早晨呢，真嗣。」

「沒吧？快下雨了耶。」冬二如是說，結果臉就在下一瞬間被明日香丟出的書包打中。

她站在真嗣面前。

「快說這是美好的早晨，因為你和我重逢嘍？」一如往常的昂首挺立。

「明日香——呃……的確呢，現在成了美好的早晨唷。」聽到真嗣這樣回答……

「很好。」明日香咧嘴笑起，低垂眼簾，旋即背著手把披在圓筒上的窗簾「啪！」扯下。

雖然相關人員早就知道那是插入拴了，在教室裡看到卻出乎意料地充滿不對勁的感覺。那是超級ＥＶＡ的備用插入拴。

「……痛痛痛。」起身的冬二望向愣住的同學們。

——班上同學們不具備接觸高度機密的資格，之後會造成問題吧……是說這是誰給的許可？總覺得不是美里小姐——難道是摩耶小姐嗎？

「不行啦，居然把它帶到學校來。」真嗣說道。

「別說得像是零嘴好嗎？」明日香打開側面的檢修門，拉起把手後，天花板上的中央艙門便透過內部電源緩緩開啟了。

明日香拖來了一張推到旁邊的書桌，靠在插入拴旁邊，接著站上書桌，把手肘抵在中央艙門的邊框上。「好，真嗣，坐上去吧。」

「我才不要。為什麼啦？」

儘管真嗣如此回答，明日香卻像是在等他這麼說似的表示。

「在說什麼呢？你已經坐上來了，不是嗎？」

當明日香這麼說的瞬間，周圍驚訝得一片譁然，因為真嗣的身影消失了。

在她由從上方的中央艙門往裡頭看的插入拴內部，真嗣正坐在座椅上。

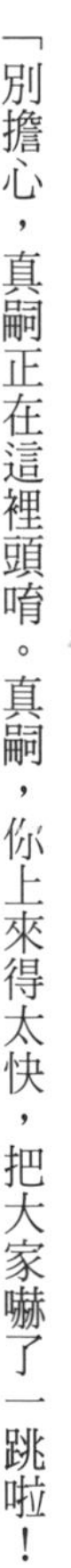
「別擔心，真嗣正在這裡頭唷。真嗣，你上來得太快，把大家嚇了一跳啦！」

明日香對班上同學這麼解釋，一面吐出舌頭。

——看來惣流那傢伙……是反過來利用這個夢境，以自己話語的強制力讓內容成真嗎？這也未免也太霸道了。儘管冬二對此感到佩服——但這麼做又能怎樣呢，惣流？

「自從NERV本部戰以來，在這三年間一直幫助我的貳號機不在嘍。」

她宛如唸著獨白般地說了起來。

「昨晚也發生了戰鬥——希絲之所以沒來上學，是因為她還在睡唷，畢竟NERV只派出她獨自迎擊——我很不甘心呢。倘若有EVA就能戰鬥了……」

「真嗣，你的身體現在在哪裡？」

——原來如此！總算明白明日香的意圖後，冬二發現自己在意且執著的答案也在這句詢問上。

為了證明實行這件事，明日香才會讓真嗣坐上插入拴。

然而真嗣的夢只會出現在這間教室裡。況且當夢境與現實重疊之際，除了學生之外都無法入內。不知是有意抑或無意識的，他的夢會排除在那裡顯得不自然的存在，因此明日香是在學校開門前把插入拴運進來的。

——太厲害了……真虧她能想到這種法子，甚至還在早上之前就安排好了一切。

「你與ＥＶＡ並非一般的ＥＶＡ與駕駛員的關係，你是不是忘記啦？」

「妳在說什麼？」

「你還是不懂嗎？」——沒錯，快說吧，惣流！

「你的心臟是ＥＶＡ的心臟，ＥＶＡ的身體是你的身體，無論缺了哪邊都無法存在，對吧？」

宛如想起來了一般，真嗣深深地重新坐回座椅上。「……沒錯。」

「也就是說，真嗣，你出現在此的這件事……」

冬二留意到自己身旁同樣抬頭看著明日香的零No.珊克。

「可以嗎？」他姑且問了一下。

「那傢伙可是要把真嗣帶離這場夢唷。」

昨天冬二可是被她警告「不准叫醒真嗣」而趕出教室了。

「真嗣——那孩子大概在事成之前都不會醒來了……意識只會往來於這裡與ＥＶＡ之間唷。」

如此說道的珊克感覺有些寂寞。

「是因為妳昨天說過，他的壽命剩下不到一秒嗎？」

「沒錯，所以我才會在這裡讓他跟大家見面。即使不到一秒，但只要是夢——」

「我曾聽說人類就算作了很長的夢，實際作夢的時間也非常短暫呢。」

有著已死的No.珊克模樣的她，對冬二的話語報以微笑。

「……之後只要那個人有好好注意到，我想以壽命換來的第三次衝擊巔峰能量就會被裝上水龍頭嘍。」總覺得這樣的說法宛如許多事情都已經結束了。

「除了這件事外，還有什麼我趁現在知道會比較好的事，對吧？」

「哎呀，你觀察力很好呢。」

『媽媽消失到另一邊了。』

當超級EVA與真嗣獲得心臟復活之際，他是這麼說的。

——看來這個人不惜特地跑回來做的工作已經完成了吧……

明日香踩著的書桌桌腳「咯嗒咯嗒」地響著。

她以幾乎要摔進插入拴裡的姿勢朝內部探出身子，沒注意到在冬二身旁的零No.珊克身影。

——算了，即使提起也只會把事情複雜化呢。

零No.珊克的死亡讓明日香感到非常內疚

眼前穿著裙子踮腳站在桌面上的她，看似相當開心地扭腰擺臀。

『會發生什麼事吧。』

儘管不知道是什麼事，卻讓人興奮不已。班上同學們也隱約懷著期待。

其他班級的學生們同樣由教室的前後門湧來，等著看究竟會發生什麼事。

「歡迎回來，明日香。」

真嗣在中央控制台上輸入自主啟動的指令，一面說道。

「幹嘛啦……突然這麼說？」糟糕，有點被偷襲到了。

明日香將胸部壓在艙口的耐壓油封圈上，盤起雙手把身體探進去。

真嗣碰觸著她從肩膀流瀉而下的秀髮。

「畢竟好久不見了。妳記得成為整合體時的事情嗎？」

他之所以這麼問，是因為那段期間的她對周遭事物的反應老實得讓人懷疑「該不會是其他人格吧？」

「嗯～」明日香將臉頰抵在右肩上……

「該怎麼說才好呢？得看你是怎麼理解的。我最近覺得那跟『記得』不太一樣。」

獨力自月球的武裝偵察歸來的明日香，為了在湧入的龐大生命情報當中保護人格（個性）而與貳號機融合的狀態，被稱作明日香ＥＶＡ整合體或是Crimson A1。

「詳細的過程一點都沒記住。照理說人類是藉由連續的過程產生記憶的吧？然而我明明不

記得過程，對周遭事物感到非常模糊，卻莫名地將所通過的道路，以及自己前往的方向記得很清楚。」

由於巨人遺忘了能傳達意志，也能隱瞞真心的〈言語〉，甚至將扮演人類的關係性與自尊全都捨棄，是以它們想必無法感受到瑣碎的事情。最原始純粹的個性卻確實留在了上頭。

亦即所謂的奔放感。

正是因為接觸到這樣的個性，人們才會接受那個巨人是明日香的這件事。

「會覺得那邊比較好嗎？」

見真嗣這樣開玩笑，明日香露出最棒的笑容。

「才不會讓你這麼說，給我看著吧——好啦，你快呼喚自己的身體吧！」

「ＯＫ。」

——我回來了呢……明日香總算對這件事有了實感。

令人驚訝的事情發生了。理應無法以備用電源啟動的虛擬顯示器陸續開啟，溢出艙口的光芒舞動在教室的天花板上。「哇喔！」周圍的學生們之所以大叫起來，是因為插入拴表面也快速流動起奇妙的光。

「大、大家快退後！這個規格不……！」

「咚！」像是被頂起來般地縱向搖晃。

就連設計為減震結構的指揮所區域也有著些許晃動。「是地震嗎？」

小睡了三十分鐘的美里走上指揮甲板，一面心想「又是黃泉比良坂的餘震？」看向環境顯示器的顯示訊息。然而周邊地區並沒有地震。

緊接著，ＡＩ響起警報。

正吸著軟管包裝食品的青葉連忙貼在控制台上。

「地下舊中央核心區遺跡出現大型質量！對象是推定三五〇〇噸的動體！ＡＩ判定為敵對巨人的可能性大！」

「突然被侵入到地下了？快去確認！緊急召集駕駛員，待準備完畢後就將朗基努斯之槍移送到基地外！」

儘管美里下了指示。然而如今阿爾瑪洛斯已經不在，對象到底會是誰？

「莫非是昨晚的怪物？」

「難道不是零No.卡特爾與加持先生的ＥＶＡ突變體嗎？」

指揮所的工作人員們因為突如其來的緊張局面而忍不住私語起來。像是要制止他們說話般，日向以揚聲器向眾人說道。

「請等一下，收到ＩＦＦ(敵我識別器)！那是超級ＥＶＡ……不，是直到三年前的本部戰為止所使用的初

號機辨識碼。」

最早衝向舊中央核心區遺跡的人其實是摩耶。

她是為了親眼目睹——被挖出球面的巨人地下空間。在本部戰時，莉莉斯於空間中心產生的漆黑的時間停滯球將本部建築與週邊設施一齊吞沒。當時的所長碇源堂與赤城律子博士等NERV工作人員，以及部分侵入的戰自特種部隊人員，共計十幾名人員在那個不可知、不可侵攻的黑色巨蛋裡下落不明。

那是三年前發生的事。那顆黑色巨蛋在不久前被黑色巨人阿爾瑪洛斯給搶走了。

只留下被挖出球面的空間。「……！」

而如今，那裡蹲著一個全身冒出高熱白煙的巨人。

「超級EVA……！」

儘管乍看之下實在看不出來，因為它全身貼著橙色的——世代最為古老的EVA零號機拘束裝甲與週邊機器。

「的確呢。畢竟『那邊』只有這個了。」

蹲坐著往前傾倒的龐大身軀在千鈞一髮之際將右手向前——

轟隆——！

摩耶的白大衣衣襬遭到壓縮的強風颳起，四處飛散的地下結構材料碎片擊中她的肩膀，宛如赤城博士遺物的眼鏡也被打飛。

然而佇立在那裡的她滿足了。

打從在房間裡聽到律子與源堂的聲音，往往認為是自己在妄想的事情獲得了證明，讓摩耶現在堆著滿面笑容。

新世紀
福音戰士
ANIMA

福音戰士零號機
最早製造的福音戰士系列試製型號，因此尚未裝備
肩部武器架。由於發動機動力弱、輸出低，不適合
近身戰，大多運用在長距離戰當中。裝備有步槍型
磁軌砲。

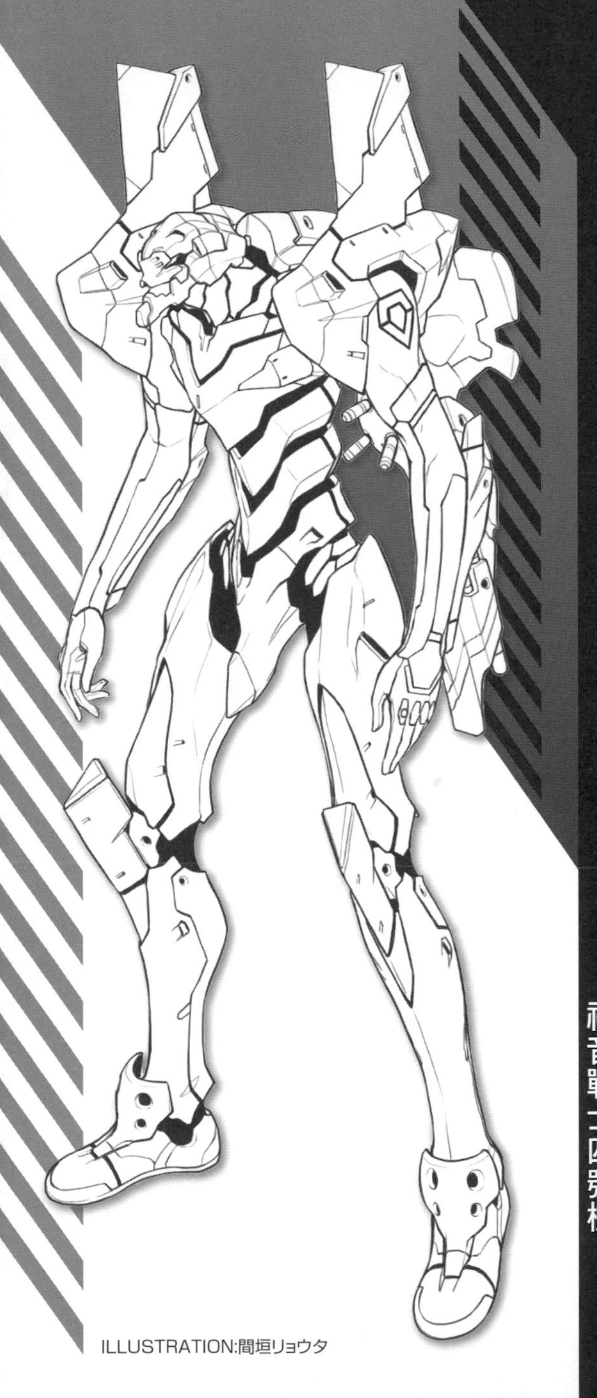

ILLUSTRATION:間垣リョウタ

## 福音戰士四號機

與參號機同型的福音戰士。作為美國NERV設計的新世代機而備受矚目，卻因為S$^2$機關暴走的事故消失了。背部組裝著S$^2$機關。

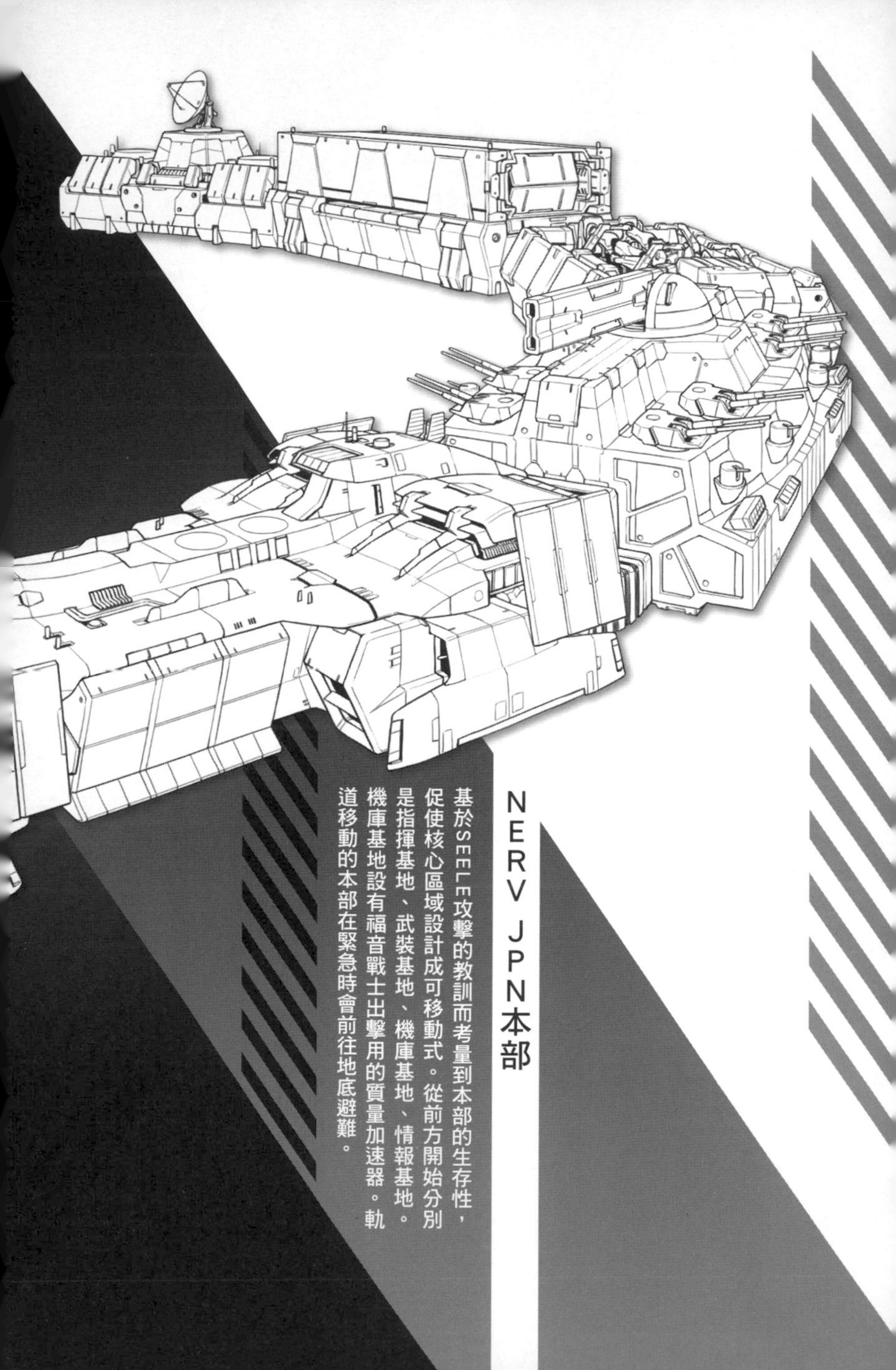
NERV JPN本部
基於SEELE攻擊的教訓而考量到本部的生存性，促使核心區域設計成可移動式。從前方開始分別是指揮基地、武裝基地、機庫基地、情報基地。機庫基地設有福音戰士出擊用的質量加速器。軌道移動的本部在緊急時會前往地底避難。

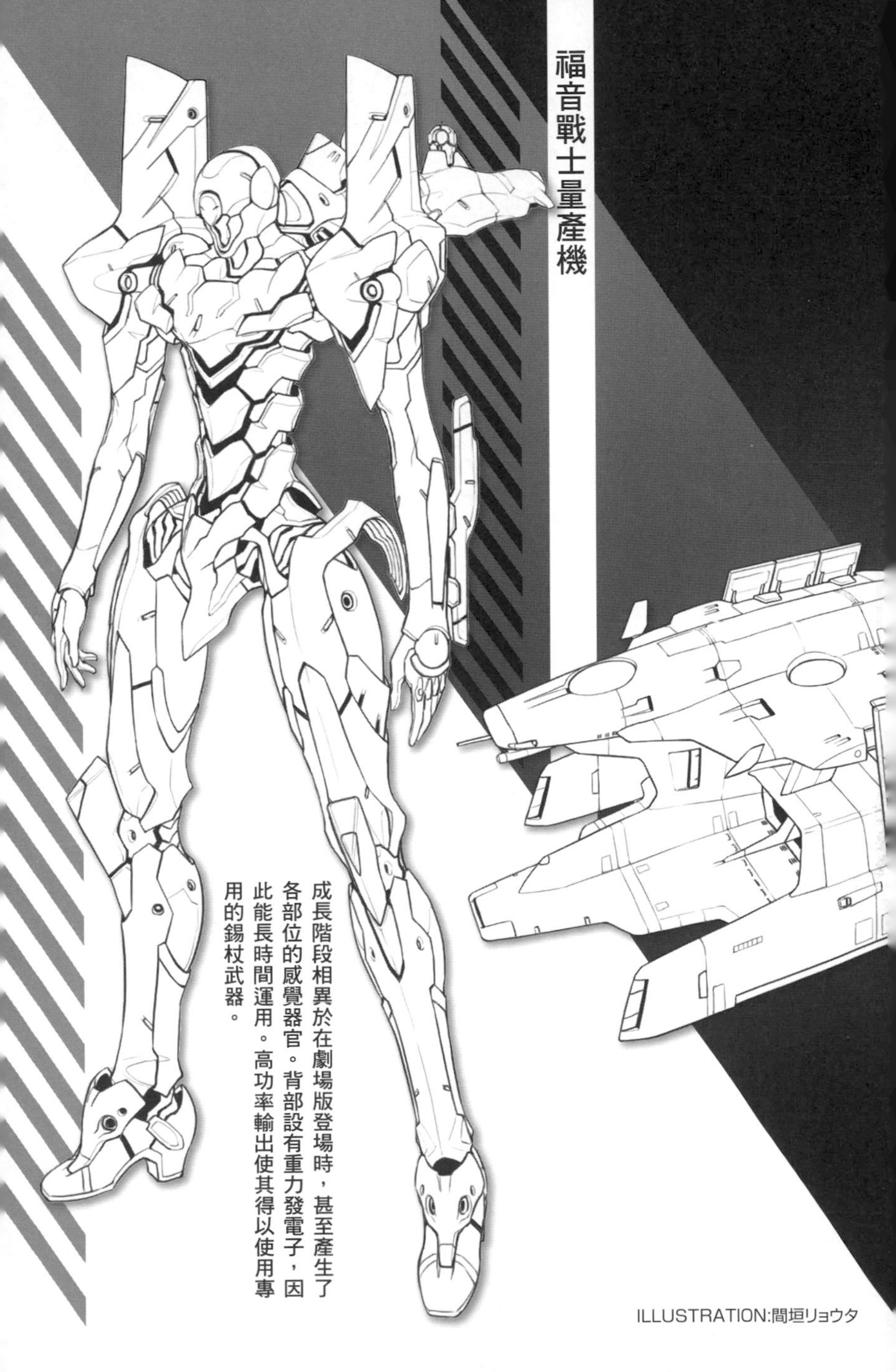
福音戰士量產機
成長階段相異於在劇場版登場時，甚至產生了各部位的感覺器官。背部設有重力發電子，因此能長時間運用。高功率輸出使其得以使用專用的錫杖武器。
ILLUSTRATION:間垣リョウタ

歸來的S EVA
邁向最終號機之路
該往何方？
想讓它做什麼？
該如何形塑？
將S EVA做成玩具尺寸
拿在手上時，
看起來很瘦弱。
由於形塑的目的是
為了探究細節，
因此刻意強調了
凹凸不平的部分。
在許多部分得到確認後，
便以此為基礎
前往下一階段。
乾脆不顧一切地設計到這種程度好了？
以柔軟的結晶狀構建後，總覺得非常有究極感。
同時卻也帶著古典韻味。亦即所謂的約定成俗。
超自然方向？
儘管EVA打從誕生之際
就老是被這麼形容，
但真要這樣搞，這次便會是敵角嘍。

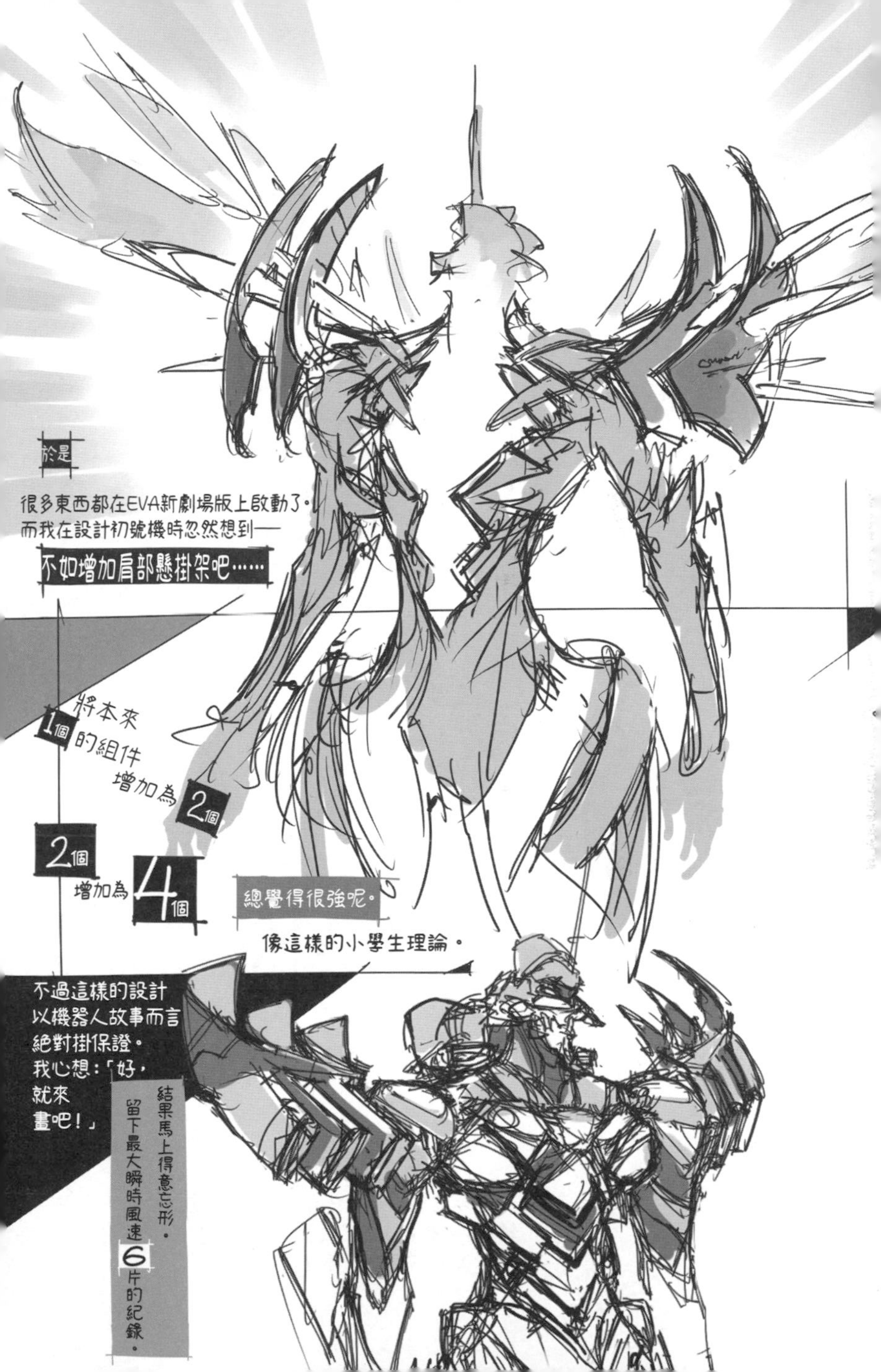
於是
很多東西都在EVA新劇場版上啟動了。
而我在設計初號機時忽然想到──
不如增加肩部懸掛架吧……
將本來1個的組件增加為2個
2個增加為4個
總覺得很強呢。
像這樣的小學生理論。
不過這樣的設計
以機器人故事而言
絕對掛保證。
我心想：「好，
就來
畫吧！」
結果馬上得意忘形。
留下最大瞬時風速6片的紀錄。

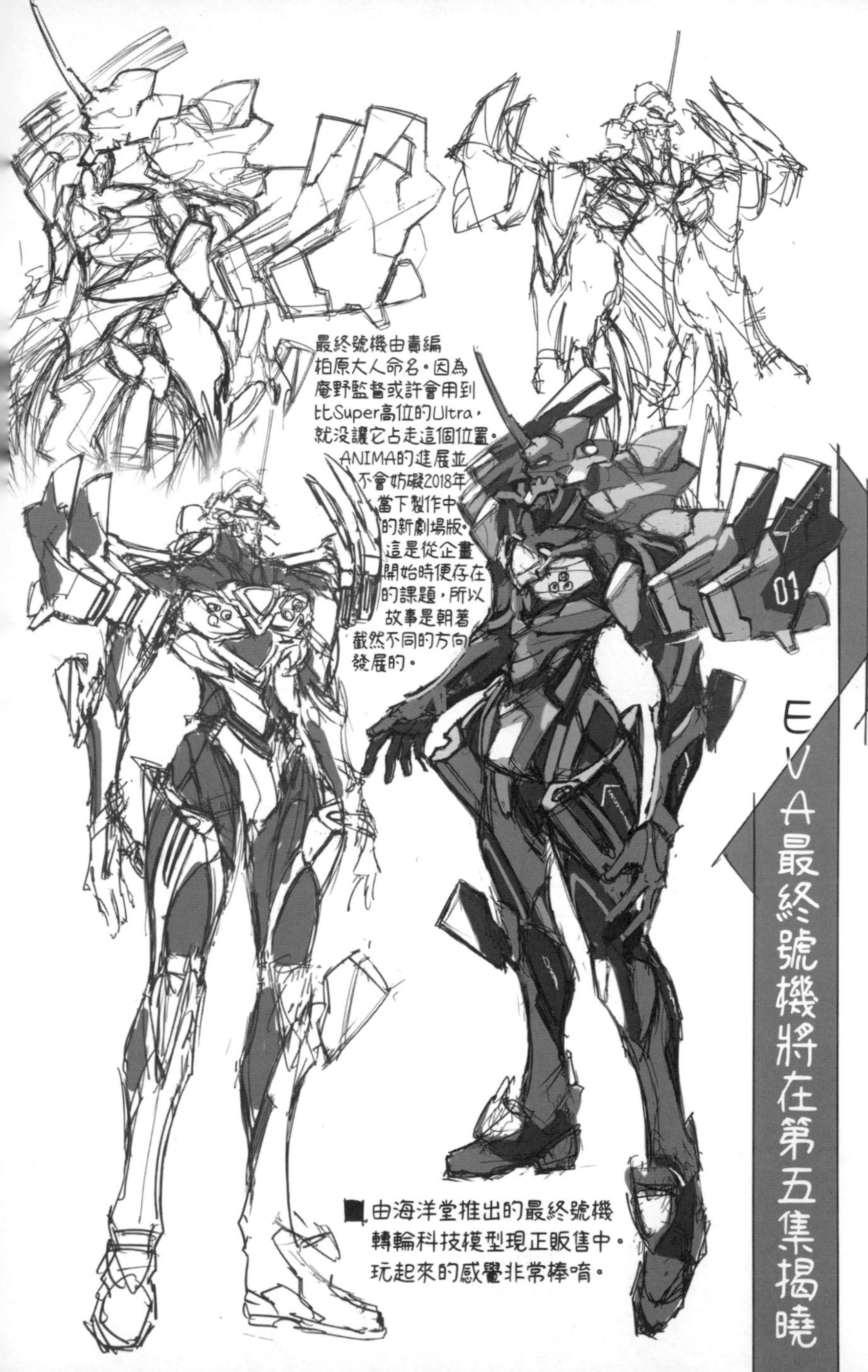
EVA最終號機將在第五集揭曉
最終號機由責編柏原大人命名。因為庵野監督或許會用到比Super高位的Ultra，就没讓它占走這個位置。ANIMA的進展並不會妨礙2018年當下製作中的新劇場版。這是從企畫開始時便存在的課題，所以故事是朝著截然不同的方向發展的。
01
由海洋堂推出的最終號機轉輪科技模型現正販售中。玩起來的感覺非常棒唷。

# POSTSCRIPT

本集是新世紀福音戰士 ANIMA 第四集，電擊 HOBBY MAGAZINE 連載二〇一一年九月號到二〇一二年七月號為止的故事。

前半段是持續受到東日本震災影響，為了迴避災難故事而創造的另一個舞台，黃泉比良坂——但總覺得不太痛快呢。「即使沒辦法寫出精心設計的故事，劇情也別吊人胃口，必須簡潔有力地發展下去。如此一來，至少不會變成無聊的故事。」對於平時就懷著這種想法的我來說，前半段的停滯感非常折磨人。直到故事中盤以後，劇情開始動起來為止，甚至連整理這次文章的我都看得很不耐煩。然而為了讓故事能結束在巨人們再度像那樣在地球上、箱根周圍到處大鬧，誇張地不停破壞的最終章，直至社會風向轉變之前，我都在狡猾地爭取時間，也因此被以為故事會在當初預定的漫畫回前後結束的責編狠狠訓了一頓。

ANIMA 將在下次的第五集結束。不過真嗣和初號機，你們也太常到處飛來飛去了。

新世紀福音戰士機體設計　山下いくと

國家圖書館出版品預行編目資料

新世紀福音戰士ANIMA/khara原作；山下いくと作；薛智恆譯. -- 初版. -- 臺北市：臺灣角川股份有限公司, 2022.03-

冊；　公分

譯自：エヴァンゲリオン ANIMA
ISBN 978-626-321-288-6(第3冊：平裝). --
ISBN 978-626-321-853-6(第4冊：平裝)

861.59　　111000556

Kadokawa
Fantastic
Novels

# 新世紀福音戰士 ANIMA 4

（原著名：エヴァンゲリオン ANIMA 4）


2023年3月27日　初版第1刷發行
2024年8月27日　初版第3刷發行

作　者：山下いくと
原　作：khara
企劃、編輯：柏原康雄
譯　者：薛智恆

發 行 人：台灣角川股份有限公司
總　監：呂慧君
總 編 輯：蔡佩芬
主　編：林秀儒
編　輯：邱璨萱
設計指導：陳晞叡
美術設計：吳佳昫
印　務：李明修（主任）、張加恩（主任）、張凱棋、潘尚琪

發 行 所：台灣角川股份有限公司
地　址：104台北市中山區松江路223號3樓
電　話：（02）2515-3000
傳　真：（02）2515-0033
網　址：www.kadokawa.com.tw
劃撥帳戶：台灣角川股份有限公司
劃撥帳號：19487412
法律顧問：有澤法律事務所
製　版：尚騰印刷事業有限公司
ＩＳＢＮ：978-626-321-853-6




---